AF140583

STERGIANI SCHNECK-TSOLAKIDOU

Das Mädchen Fofo

novum ✈ pro

Dieses Buch ist auch als
e-book
erhältlich.

w w w . n o v u m v e r l a g . c o m

Bibliografische Information
der Deutschen Nationalbibliothek:

Die Deutsche Nationalbibliothek
verzeichnet diese Publikation in
der Deutschen Nationalbibliografie.
Detaillierte bibliografische Daten
sind im Internet über
http://www.d-nb.de abrufbar.

Gedruckt in der Europäischen Union
auf umweltfreundlichem, chlor- und
säurefrei gebleichtem Papier.

© 2023 novum Verlag

ISBN 978-3-99131-883-5
Lektorat: Rainer Ankrecht
Umschlagfotos: Stergiani Schneck,
Rangizzz, Andrey Zhuravlev,
Olga Ponomarenko | Dreamstime.com
Umschlaggestaltung, Layout & Satz:
novum Verlag

www.novumverlag.com

Climate neutral
Print product
ClimatePartner.com/16547-2201-1002

INHALTSVERZEICHNIS

KAPITEL EINS

Auf den Stufen ihres Hauses sitzt Fofo, ganz in schwarz, die Schultern nach vorn gezogen. Sie zittert, ihr schwarzes Kopftuch bedeckt fast ihr ganzes Gesicht, das Gesicht mit dem erstarrten Blick, gefühllos, geht verloren in der Leere des mit Schnee bedeckten Hofes. Die ganze Nacht fallen Schneeflocken leicht, ruhig, sie wollen nicht aufwecken, was schläft. Sie hört den Puls des vergangenen Lebens dieses Hauses immer noch so deutlich, so klar. Vergeben, wie auch!! Es ist noch Ende Januar.

Fofos Enkelin nähert sich und umarmt den knochigen Körper ihrer Oma. „Mein gutes Mädchen", sagt Fofo, „Wie ein reinweißes Bettlaken bedeckt der Schnee die Natur und so das ganze Dorf, aber in diesem Dorf, wo ich immer so geliebt habe, ist nicht alles so unschuldig weiß, hier habe ich meinen Jannos verloren. Warum ...? Es gibt nichts Gutes, wo nicht ein bisschen Böses gemischt ist, sagten die alte Griechen. Uden kalon amyges kakou!

Was für eine Ironie des Schicksals, ich habe nie, niemals denken können, dass irgendwann in diesem Dorf, das mein Ein-und-Alles war, dass es so fremd und verbittert wird ..."

Warum und wieder warum fragt Fofo und sie findet keine Antwort, was für ein Verbrechen!!!

„Komm, Oma, gehen wir rein, du bist durchgefroren, nicht, dass du uns krank wirst, wir haben dich lieb!", sagt das Mädchen zu ihrer Oma.

„Es ist gut, mein Sonnenschein, lass uns ins Haus gehen, in der Wärme kann ich dir alles erzählen. Vieles verblasst mit der Zeit, aber die echte Liebe nicht, nicht meine Liebe zu meinem Jannos!!!

Das Böse ist vorbei, die schlimmen Zeiten des Krieges sind vorbei, ja, der Krieg ist etwas, wo die GROSSEN Männer finden, sie haben das Sagen! Sicher, jeder Mensch liebt den Ort, wo sein Anfang ist, die Wurzeln seines Lebens, sein Dasein, so auch ich. Es ist auch schwer für jeden, von Fällen, Zuständen oder Ereignissen des Lebens, die schmerzen, zu erzählen. Es sind Wunden in der psychischen Welt eines jeden, die mit jeder Erzählung bluten." (Πικραμένη γιαγιά Φωφώ, pikrameni Jaja Fofo).

Verbitterte Oma Fofo ... Sie dreht ihr Haupt nach hinten, sie schaut auf ihren langen Lebensweg, einen Weg mit vielen guten und weniger guten Ereignissen, aber vielmehr noch die schönen Zeiten mit ihrem Jannos! Dieser Anachronismus der vergangenen Zeiten, ahhh!! Diese vergangenen Zeiten, wo sie mit ihrem Jannos gegangen ist.

Oma Fofo saß in einer warmen Ecke mit ihrer Enkelin und erzählt leise. Hin und wieder hält sie den Atem für einige Momente, sie sucht in ihrer Erinnerung die Zeiten, die voller Segen, Glück, Freude und Lachen waren!

„Wo ist das verloren gegangen, das, was man Liebe oder Glück nennt?

Die große, unschuldige, uneigennützige, harmlose Liebe", träumt Oma Fofo auch mit offenen Augen, in ihrem Gesichtsausdruck spiegelt sich jedes große oder kleine Ereignis aus ihrem abenteuerlichen und komplizierten, auch sehr glücklichem Leben mit ihrem Jannos. Sie als ein einfaches Mädchen und er der Sohn von Tselinga Panos, unmöglich! Nein, nein, es geht nicht.

Ja, Fofo und Jannos! Jannos stand oben auf dem Berg und betrachtete die hügelige Landschaft, die sich in dem langsam zu Ende gehenden Jahr in immer prächtigeren Farben zeigte. „Die Stimme kommt mir bekannt vor", sagte er zu sich selbst. Es ist die Stimme von Fofo. Gestern Abend hatte er sie gesehen, wie sie im Garten hinter dem Haus das Gemüsebeet gegossen hat. Sie hatte dabei gesungen, ihre samtweiche, melodische Stimme wehte gleich einer milden Brise über den alten Wildrosenbusch, in dem zwei Pärchen Nachtigallen nisteten. Ihre Stimme war so erfrischend und frech zugleich, wie diese kleinen Wesen. Sie ist ein schönes Mädchen. Alle jungen Männer drehten die Köpfe und tuschelten aufgeregt, wenn sie vorbeiging, es ist das Mädchen Fofo ... Die Protagonistin für das ganze folgende Geschehen.

Jannos ist ein attraktiver, schön aussehender junger Mann mit seinen dunkelblauen Augen und der immer freundlichen Art. Es ist ein Wunsch für jede Mutter, so einen Schwiegersohn zu haben, es war bekannt in allen umliegenden Orten, der Sohn von Großgrundbesitzer Panos. Die Töchter von gutem Hause haben ihn im Blick, aber ...

Wie oft haben die Tanten und Omas versucht, den jungen Jannos über das Heiraten anzusprechen, so viele schöne Mädchen sind an ihm interessiert, aber er hat nur eins im Auge, all seine Gedanken richten sich auf diese hübsche, sechzehnjährige Fofo. Nach langer Krankheit ist ihre Mutter letztes Jahr gestorben, sie sorgt für ihre alte Oma, für den Haushalt und für die Landwirtschaft mit ihrem Vater.

Es mangelte auch nicht an hübschen Frauen, aber er hatte nur Augen für die junge Fofo. Seine Gedanken kreisten nur um sie.

„Was ist los, mein Sohn, willst du nicht zu dem großen Fest in die Stadt?", fragte Panos, „Da wird auch Marijo sein, die Tochter von Naso, wir gedenken, euch zu verloben."

„Nettes Mädchen, Vater, aber ich habe kein Lust zum Heiraten, nicht jetzt, noch nicht." All seine Gedanken gelten dem Mädchen Fofo. Wochen sind seitdem vergangen, voller Panik und Agonie, bis endlich Jannos den Mut gefasst hat und zu seinem Vater gesagt hat, dass Fofo seine große Liebe ist, es vergeht kein Tag, an dem er nicht an sie denkt. Man widerspricht dem Vater nicht!

Die Augen und das ganze Gesicht von Vater Panos sind wie ein Sturm, er ist aufgestanden und geht aus dem Haus, ohne ein Wort zu sagen, nur der Knall der Türen ist zu hören. Anderes hat er geplant und ganz anders ist es gekommen. Mit viel Geduld und der Kraft ihrer Liebe haben die jungen Leute den sturen Vater umgestimmt. Die Schwiegertochter Fofo mit ihrer Offenherzigkeit und ihrem Charme ist beliebt in der ganzen Verwandtschaft. Vater Panos streichelt seinen langen Bart, schlürft von seinem Tsipouro und beobachtet von der Seite das junge Paar. „Der Junge hat recht gehabt, sie passen gut zusammen, noch ein paar Monate und das Glück ist perfekt, Fofo ist guter Hoffnung. Und tatsächlich wuchs die Familie im Lauf der Jahre prächtig. Fofo gebar drei Töchter und einen Jungen. Natürlich gab man dem Jungen den Namen des Großvaters Panos. Dieser platzte beinahe vor Stolz.

Es ist Frühling, die viele Ziegen und Schafe von Jannos sind verstreut über die hügelige Berglandschaft. Die leichte, frische Luft ist gefüllt vom Geruch frischer Kräuter und Blumen und die Tiere naschen das zarte, grüne Gras.

Über die heiße Mittagszeit ziehen sie sich in den Schatten der alten, urwüchsigen Platanen zurück, deren dicke Äste bis in das klare, frische Wasser des kleinen Bergbaches hängen. Die starke Hitze hat nachgelassen

und die Tiere erheben sich schlaftrunken aus dem Schatten der knorrigen Platane. Der junge Widder geht langsam auf sein weißes Lieblingsschaf zu, als wollte er sagen: „Lass uns einen Spaziergang hinter die Büsche machen, ich habe da ein paar frische, knusprige Kräuter für dich versteckt." Der Rhythmus der Natur, er sorgt für sie ...

Jannos betrachtet die Tiere und die ländliche Idylle und wirft einen Blick in den Himmel. Er bekreuzigt sich und dankt dem Herrn für seine Gaben, die er ihm geschenkt hat. Er steht auf, sammelt langsam die Herde und führt sie durch das tiefe Tal zum Stall. Ganz vorne gehen die Widder mit ihren großen Glocken um den Hals, die man schon von weitem hört. So wie jeden Abend nimmt er seine Flöte aus dem Jutesack und spielt für seine Fofo und die Kinder. „Was für ein Friede und Harmonie", denkt er, während sein scharfer, ehrlicher Blick sein kleines Reich streichelt. „Ach, da kommt auch mein Mädchen mit den Kindern", sagt Jannos zu sich. Auf dem Arm hat sie die kleine Ntina mit ihre rosa Bäckchen und grünblauen Augen. Das Gesicht umrahmt mit blonden, langen Locken.

„Der Vater kommt!", plappern sie und schauen in seine Richtung. Während er auf seine Familie zugeht, wirft er einen besorgten Blick auf ihr Haus. Opa Panos ist alt geworden und mit dem Alter kamen auch die Krankheiten. Es kommt wohl bald die Zeit, wo er seine Augen für immer schließt. Heute Mittag ist der Opa Panos nach seiner Ruhestunde nicht mehr aufgewacht, es ist so weit!!!!!

Mit den Jahren sind die Kinder gewachsen. Vater Jannos ist stolz auf seinen Sohn und insgeheim denkt er, er sei schon beinahe ein Mann geworden. Jeden Abend trennt er die neugeborenen Lämmer, nachdem sie gestillt worden sind und anschließend melken sie gemeinsam die ganze Herde, Ziegen und Schafe. So lernt der Sohn vom Vater, von Generation zu Generation, so ist die Tradition.

Die Früchte an den großen Feigenbäumen sind reif und die Kinder zerkratzen sich ihre kleinen, weichen Hände, wenn sie sich nach den kleinen, hinter milchigen Blättern versteckten Köstlichkeiten strecken. Einmal die Woche geht Jannos hinunter ins Dorf, um die nötigen Einkäufe für Zuhause und für die weiter oben liegende Berghütte zu tätigen.

Den Sinn des Lebens wird sein Sohn mit dem Lauf der Zeit selber raus finden, darüber haben auch viele Philosophen diskutiert und gezankt, seit ewigen Zeiten.

Einmal die Woche geht Jannos in die Stadt, um die nötigen Einkäufe für Zuhause und für die weiter oben liegende Berghütte zu tätigen. Seine Lasttiere sind vollgepackt, nehmen den Weg Richtung Dorf, von weitem denkt er: „Das ist ein schöner, kleiner, einmaliger Ort auf dieser Welt, etwa zwanzig kleine, gepflegte Häuser, das eine schöne als das andere. Es ist Zeit, die Sonne geht unter, meine vier Hirten werden viel Arbeit haben mit dem ganzen Vieh."

Mitten im Dorf, in der Nähe von dem großen, steinernen Wasserbassin, steht das Haus von Pfarrer Dimos. So wie bei vielen Häusern ist der Hof von Weinreben umrankt und die dunklen, reifen, hängenden Trauben glänzen in der Spätnachmittagssonne.

Das Tratschen mit Papa Dimos ist immer ein Spaß und eine Freude für beide. Der Freund und ständige Begleiter von Jannos, sein Hund, streckt sich mit seinen alten Beinen und hört ganz genau hin, wie wenn er verstehen könnte, worüber sie sich unterhalten, der schlaue Arko. „Wie gehen die Geschäfte, Jannos?", fragte Pater Dimos. „Gut und gesegnet", sagt Jannos, „Ich bin zufrieden." Beide sind gottesfürchtig, anständig und beliebt im ganzen Dorf und von allen sehr geschätzt. Papa-Dimos' Miene verfinstert sich und er spricht zu Jannos:

„Weißt du, Jannos, man sagt, weit im Bosporus herrscht Krieg. Menschen werden geschlachtet, Frauen und Kinder werden deportiert, werden wie Vieh auf Schiffscontainer nach Griechenland gebracht. Es sind unsere Leute, Christen; Griechen, die seit vielen Jahren und Generationen dort leben, in den Poli, Konstantinopel, sie lassen alles zurück, kommen nur mit dem Leben davon. Prosfyges, so nennt man sie, die werden in vielen Orten untergebracht ..." „Wir werden sie willkommen heißen, Menschen Gottes sind die auch. Es wird eine Lösung geben, dieses Jahr war sehr ertragreich für alle, der Allmächtige vergisst niemanden. Es wird niemand hungern müssen."

Heute ist der 28. August. Morgen ist ein großes Fest, Tag des heiligen Prodromus. Es ist auch der Tag, an dem man berechnen kann, wie die Weinlese, das ganze Korn und all die Milchprodukte werden, es ist ein gutes Jahr, gelobt sei sein Name, Jannos hat sich verabschiedet und geht seinen Weg nach Hause, seine Fofo wartet. Die gegenseitige Liebe, Respekt und Achtung ist groß, sie schätzen und respektieren ihr ganzes Hab und Gut, die Tiere, die Natur, das fühlt auch ihr bester Freund, der Hund Arko. Die Kinder spielen am nahegelegenen Bach. Sie lassen kleine weiße Kieselsteine springen und schubsen die kleinen Krebse, die sich erschreckt in ihre kleine Höhlen zurückziehen. Glückliche Kindheit, in dieser leichten, frischen Naivität spiegelt sich die ganze Harmonie der Familie. Das Herrenhaus ist vortrefflich. Großer Hof, ein großer Gemüsegarten und viele Obstbäume. Fofo ist eine gute Hausfrau, es ist alles organisiert, zu jeder Jahreszeit hat sie das passende Gemüse und saftige Früchte. Die Mädchen helfen nach der Schule im Haushalt mit. Jannos sitzt mit seinem Sohn abends zusammen, er zeigt und erklärt all die Sterne am Himmelszelt und lehrt ihn, die Zeichen des Wetters zu verstehen. „Schau, Panagi, dort Rich-

tung Tal, hinter der Bergschlucht, färbt sich der Himmel röt-
lich." Wahrscheinlich gibt es morgen schlechtes Wetter, und
so war es. Wenn der Mensch nahe an der Natur lebt, mit offenen Augen und wachem Verstand an das Universum, wird er
lernen, die Welt zu verstehen. So lernt Panagi von seinem Vater, die Natur zu respektieren und so in Einklang und Freude
damit zu leben. Gott sei Dank. Ein leckeres Düftchen zog über
die Veranda und umschmeichelt ihre Nasen. Mama Fofo hat
sich mal wieder selbst übertroffen. Es gibt frische, knusprige,
warme Tiroppita. Die ganze Familie sitzt am Tisch, Lachen und
Unterhaltung, Jannos sagt kein Wort, er schaut sich nur um.
Die Mädchen plappern und unterhalten sich mit ihrer Mutter.
Es ist ein fröhliches Zusammensein. Nur Jannos wirkt etwas
nachdenklich. Er schaut durch das Fenster und denkt. Der Winter wird etwas früher kommen, die Zugvögel machen sich bereit für ihre weite Reise. Auch die Hunde muss man bereit für
den Winter machen. Sie bekommen am Hals ein Stachelband,
es ist zum Schutz gegen die Wölfe. Über die Winterzeit kommen die Wölfe von den Bergen bis nach unten in die Nähe des
Dorfes, bis in die Ställe von Jannos, sie sind hungrig und gefährlich. Wie gut, dass er so gute Hunde hat. Fofo macht, wenn
sie für die Familie Brot bäckt, auch für die Hunde etwas Spe-
zielles, ihre Leckerei.

Der erste Schnee ist gefallen, auf die fernen Bergspitzen ist
die weiße Krone aufgesetzt. Fofo blickt ein bischen stolz in ihren Garten. Er ist voll mit gutem Wintergemüse. Auch hatte sie
während des Sommers Fische luftgetrocknet. Eine wahre Deli-
katesse in der Winterzeit!

Die Schafe und Ziegen sind geschoren. Jannos bringt die
Wolle in die Weberei in der Stadt. Sie fertigen daraus einen dicken, filzigen Stoff, aus dem die Wintermäntel für die Schäfer
genäht werden. Sie halten warm und kein Schnee oder Wasser
kann sie durchdringen.

Jannos gibt seiner Frau den Flachssack. „Ich brauche Salz
für die Tiere, es war zu warm letzte Woche, die brauchen es, da
drüben, über die weißen Felsen werde ich es zerstreuen." Und

so macht er sich auf den Weg zum Stall, der weit oben in Richtung Berge lag.

Er wirft einen Blick zurück und schmunzelt über seine spielenden Töchter. Auf dem Weg macht er immer eine Rast und geht in die Kirche, die dem heiligen Georg geweiht ist. Er geht hinein, zündet eine Kerze an und hält für einen Moment inne. „Er wird uns beschützen", denkt er und macht sich wieder auf den Weg. In ein paar Tagen ist das Fest des heiligen Dimitrius. Es wird immer ein großes Fest und viele Leute aus den umliegenden Dörfern werden kommen. Sie werden feiern, tanzen und beten. Jannos freut sich sehr darauf, brachte es doch etwas Abwechselung in den oftmals harten Alltag. Hinterm Haus, etwas abgelegen, ist der Hühnerstall. Hühner, Gänse, Enten, Truthähne. Nicht zu vergessen die zwei stolzen Hähne, die mit ihrem Geschrei die ganze Nachbarschaft morgens wecken. In der Nähe ist auch ein paar Meter daneben ein kleines, umzäuntes Gehege für die drei Zuchtschweine. Es ist Mitte Dezember und Winterzeit ist Schlachtzeit. Sie werden ihren Zweck bald erfüllt haben und Fofo wird in ihrer Küche viele schmackhafte Spezialitäten aus ihrem Fleisch zubereiten. Alle freuen sich auf dieses Ereignis, auch auch wenn dem Einen oder Andren die Tiere doch ein bisschen Leid taten. Aber so ist es nun einmal.

Es ist Anfang Dezember, Nikolaustag, die schwierigen Tage haben begonnen für alle Viehhalter, es ist die Zeit, wo die Schafe und Ziegen gebären, Zwillinge oder Drillinge, was für hübsche Neugeborene!

Fofo hat einen besonderen Platz zurecht gemacht, eine geschützte Ecke mit viel Stroh, für die schwächeren, kleinen Neulinge, die meckern die ganze Zeit, so wie alle Babys auf dieser Welt. Sie suchen nach Mama, Liebe und Geborgenheit.

Während dieser eisigen Winternächte versammeln sich immer in einer warmen, guten Stube Freunde und Verwandte und gehen von Haus zu Haus, um sich zu unterhalten. Die Mädchen lernen von den Mamas feine, verschiedene Handarbeiten, Stricken, Sticken, Spinnen mit der Wolle der Schafe, die im Frühling geschoren worden. Die Männer sprechen über Politik, das kommende Jahr. Sie rauchen ihren fein geriebenen Tabak und trinken den selbst gekelterten Wein.

Die Namenstage von Fofo und Jannos stehen vor der Tür. Am sechsten Januar der von Fofo und einen Tag später der von Jannos. Es wird wie immer ein großes Fest. Die Vorbereitungen sind in vollem Gange. Verwandtschaft, Freunde, Bekannte, Papa Dimos; mit Kreuz und Weihwasser wird er das Haus, Hof, Menschen und Tiere segnen, danach geht es los mit dem Fest. Die Töchter schwingen sich flink, elegant und immer mit einem freundlichen Wort zwischen die Gäste und bieten die selbstgemachten Leckereien und natürlich den eigenen Wein an und selbstgebrannter Tsipouro rinnt durch die durstigen Kehlen. Die Unterhaltung ist in Hochstimmung. Papa-Dimos blickt auf das lustige Treiben. Vor allem auf die hübschen, anmutigen Töchter von Jannos und Fofo und sagt: „Was meinst du, Jannos, es ist Zeit, die Töchter sind reif, in heiratsfähigem Alter, es gibt im Dorf und in der Umgebung viele junge, nette, attraktive Männer." Jannos schaut zu Fofo, sie erwidert seinen Blick und Jannos weiß, sie denkt das Gleiche. Sie verstehen sich auch ohne Worte. Die Liebe und das Vertrauen sind so groß! Es ist noch Mitte Januar, Mama Fofo bereitet die Wasilopitta vor, so wie jedes Jahr, es ist ein freundliches Fest für die Familie und die ganzen Hirten mit ihren Familien. Mal sehen, wer wird der Glückliche sein, in diesem Wasilopitta-Kuchen ist eine Goldmünze versteckt, die Spannung ist groß!

Alle sind versammelt um den runden, großen Tisch. Jannos zeichnet ein Kreuz mit dem Messer auf den Kuchen und jetzt schneidet er für jeden ein Stück ab. Alle warten und es sucht jeder in seinem Teller, auf einmal sagte die kleine Marigo, die Tochter von Hirte Ntino, die Spannung ist jedem am Gesicht zu sehen: „Hier, ich habe es, es ist meine, es ist meine!" Das Mädchen tanzt von Freude, Jannos küsst das Kind auf seine Stirn, auch Fofo wünscht jedem ein glückliches, gesegnetes neues Jahr.

Jeder bekommt ein Geschenk als Dankeschön und als Wertschätzung für ihre Arbeit. Fofo schenkt jedem noch ein Gläschen

Tsipouro ein. Sie heben ihre Gläser und trinken auf ein gutes, neues Jahr und wünschen sich gegenseitig viel Glück.

Die Tage vergehen mit viel Arbeit und Sorgen um die Neugeborenen, Schwachen, Kleinen. Jeden Tag bekommen sie von Fofo oder den Töchtern zusätzlich Milch. Gierig schmatzend saugen sie die Milch aus den Flaschen, um ihren Hunger zu stillen.

Draußen tobt der Wind, pfeift zwischen den dicht geflochtenen Zweigen der Zypressen. In den alten wuchtigen Platanen drängen sich die kleinen Nester der Spatzen eng aneinander, um sich gegenseitig vor der eisigen Kälte zu schützen.

Diese alten Platanen könnten vieles sagen, Geschichten und Geschichte!!! Im Frühling kommen die jungen Mädchen und Männer vom Dorf an den nahegelegenen Brunnen zum Wasserholen.

Der erste Flirt, das erste Herzrasen und vielleicht der erste Kuss, mit Scham und roten Bäckchen. Sie richten ihre Blicke nach unten und gehen mit dem Wasserkrug heim, mit dem seltsamen, unbekannten Wirrwarr an Gefühl. Bevor es dunkel wird, sind alle Mädchen zu Hause, füllen die Petroleumlampe und putzen das Glas, so ist es heller im ganzen Haus. Die Petroleumlampen geben ihr wohliges Licht, in der Winterszeit wird es schnell dunkel.

Die Fastenzeit ist da. Jeden Freitag geht die Familie zu Papa-Dimos in die Kirche. Es sind die Feiertage vor Ostern, es wird die Mutter Gottes gepriesen. In der Wohnstube brennt Tag und Nacht der große Ofen. Draußen fällt der Schnee dicht, der alles in ein weißes Tuch hüllt. Die Nachbarinnen sind gekommen, jede mit ihrer Handarbeit. Fofo strickt gerade für ihren Jannos und für den Sohn Panagi warme Wollsocken, sie beobachtet ihren Sohn, er wird langsam zum Mann, es ist sein erster Bart, ganz weich, zu sehen. Ein gutaussehender Mann und ein guter Mensch, sie ist gottfroh. Frau Maro hat viele schöne Handarbeitssachen extra für Lenio, sie ist sehr geschickt beim Häkeln. In einer Ecke ist der Webstuhl aufgestellt, die Mädchen weben mit bunter Farbe schöne Teppiche und Wolldecken. Es ist immer eine Gastfreundschaft zu fühlen in diesem Haus. Es ist spät geworden, jeder sagt Kalinichta und geht nach Hause.

Es ist Mitternacht, Jannos macht seine letzte Runde, alles ist in Ordnung, die Hunde schlafen vor dem Stall, es ist alles ruhig, jetzt geht er schlafen, morgen früh beginnt ein neuer Tag.

Kaum ist Jannos im Bett, kommt mitten in diese nächtliche Ruhe von weitem ein Geschrei, ein ängstliches, hilferufendes Geschrei durchdringt den eisigen Wind.

Es ist was Schlimmes, in diesem Schneesturm und starkem Wind ist es nicht leicht einzuordnen, was es ist und woher es kommt. Da ist es wieder. Ganz leise hört er, wie jemand um Hilfe ruft. Schnell zieht er sich an, schlüpft in seine Stiefel und nimmt das Gewehr vom Haken. Er überprüft es kurz und schiebt zwei Patronen in den Doppellauf. Als er hastig vor die Tür tritt, schlagen ihm eisige Kälte und dichter Schneefall entgegen. Er hört das Rufen, beinahe ein verzweifeltes Schreien, jetzt deutlicher, auch wenn es doch aus größerer Entfernung zu kommen scheint. Das ganze Dorf ist aufgewacht, alles ist auf den Beinen, dieser fast tierische Hilferuf kommt vom gegenüberliegenden Tal, es ist Petri, der so nach Hilfe ruft. Die Männer vom Dorf versammeln sich alle auf dem Dorfplatz und gehen zur Hilfe in den Stall von Petri. Eilig machen die Männer sich auf den beschwerlichen Weg durch kniehohe Schneewehen. Der kalte Wind lässt ihren Atem in ihren Bärten gefrieren. Völlig außer Atem treten sie aus dem Wald und sehen den Hirten Petri, immer noch verzweifelt rufend. Er ist ganz hoch geklettert, auf das Dach seines Schäferhauses. Um ihn herum ist das ängstliche Geschrei von halb zerbissenen, verletzten Lämmern zu hören. Die Wölfe, ein ganzes Rudel, haben ein Blutbad angerichtet. Viele Schafe und Lämmer wurden getötet und liegengelassen, man wird die schwer verletzten Tiere schlachten müssen. Wenigstens der Hirte Petri konnte sich retten. Die Angst steht ihm immer noch ins Gesicht geschrieben. Zwischen den gerissenen Tieren erhebt sich mühsam ein Hund und kommt lahm auf Jannos zu. Er ist mit Blut überströmt. Die Wölfe haben ihm ein Auge herausgerissen. Er hat gut und tapfer gekämpft, er hat seinem Herrn und vielen Tieren das Leben gerettet. Sie werden ihn mit nach Hause auf den Hof nehmen, wo er sich in Ruhe von seinen Verletzungen erholen kann. Seine Zeit als Wächter und Beschützer ist vorbei. Er wird den Rest seiner Tage unter den alten Platanen auf dem Hof verbringen und vielleicht hin und wieder ein paar Katzen jagen. Er hat seine Aufgabe gut erfüllt und es wird für ihn gesorgt werden. Die Männer machen sich auf den Heimweg. Das Wetter hat sich etwas gebessert, es schneit nur noch ein bisschen und auch der Wind ist nicht mehr so schneidend kalt. Als er endlich wieder auf dem Hof ist, sieht er schon von weitem Fofo am Fenster stehen. Besorgt und fragend schaut sie ihn an, als er das Haus betritt. „Es waren Wölfe", sagt er, „Es sind viele Tiere zu beklagen, auch ein Hund ist schwer verletzt, Gott sei Dank ist keinem Menschen etwas passiert. Der Hirte Petri schlottert noch jetzt vor Angst." Er nimmt seine Fofo in den Arm und sagt: „Alles nicht so schlimm, wir überleben auch diesen Tag." Er entlädt sein Gewehr, verstaut die Patronen und hängt es wieder griffbereit an den Haken.

„Gib mir deine nassen Sachen, du hast die Wölfe überlebt. Ich will nicht, dass du jetzt wegen einer Grippe das Zeitliche segnest", sagt Fofo zu ihrem Liebsten. Er lacht und zieht sich aus. Fofo hängt die feuchte Kleidung über den Ofen, wirft ihm einen vielsagenden Blick zu und sagt. „Komm her, mein Mann, lass uns zu Bett gehen. Für heute hatten wir genug Aufregung. Es war eine unruhige Nacht, von der noch lange gesprochen werden wird!!"

Manchmal kann das Leben hier im Norden des Landes sehr hart sein. Es ist Rosenmontag, man nennt ihn: Kathara Deftera. Es ist der Tag, an dem alle Schulen im Land kleine und größere Ausflüge unternehmen. Die kleine Ntina ist ganz aufgeregt und voller Vorfreude auf das für sie seltene Ereignis. Sonia und Lenio stehen am Ofen. Die eine knetet den Hefeteig und die andere schneidet die frischen, aromatischen Frühlingszwiebeln, die anschließend mit in den Teig kommen. Es ist ein alter, traditioneller Brauch. Eine Köstlichkeit, wenn man sie lauwarm vom Holzofen mit etwas Salat und Fetakäse verspeist, die Lagana, mmmmh!!

Die Tage werden wärmer. Auch der letzte Schnee ergibt sich langsam den immer kräftiger werdenden Strahlen der Sonne.

Auf den Weiden an den Berghängen sieht man das erste Grün. Die Natur ist im Aufbruch. Die Mandelbäume in Fofos Obstgarten stehen in voller Blüte und ihre weißen Blütenblätter verbreiten einen angenehmen Duft in der ganzen Umgebung. Sie sind wahrliche Schmuckstücke der Natur. Die Schäferhütte am Berg hat Jannos schon zurechtgemacht. Frische Strohmatratzen, trockenes Holz, Proviant und auch ein paar Flaschen Wein für die einsamen Nächte. Es ist das Zuhause der Hirten für viele Monate. Im Frühjahr ziehen sie mit den Herden auf den Berg und kehren meist erst Mitte Herbst wieder ins Tal zurück. Es ist ein karges, aber ehrliches Leben, das nur von Jannos" Besuchen unterbrochen wird, wenn er ihnen Nachschub an Proviant und an anderen benötigten Sachen bringt. Sie sind nicht nur Bauern und Hirten. Sie sind auch Freunde. Jannos hat immer ein offenes Ohr für die Sorgen und Nöte seiner Leute. Er respektiert sie, genauso wie sie ihn und seine Familie respektieren. „Fofo, meine Liebste", ruft Jannos, „Ich gehe ein bisschen zu Papa Dimos hinunter!" Er nimmt seine Gliza, ein langer Stock mit einem feinen, von Hand geschnitzen Knauf am Ende, greift seinen breiten Gürtel, der für so einiges Platz bietet, vom Stuhl und legt ihn an. Er winkt Fofo noch zu und macht sich dann auf den Weg zum Haus des Pfarrers. Mit einem Lächeln schaut Fofo ihm nach. Sie weiß, die Freunde werden sich einen gemütlichen Nachmittag im Schatten der Weinranken von Papa Dimos' Haus in der Nähe des Brunnens machen. „Herzlich willkommen, Zelinga[1]", sagt Papa-Dimos mit einem schelmischen Grinsen im Gesicht. Er ruft nach seiner Frau. „Jannos ist gekommen, bring ein bisschen Wein und was so dazu gehört." Sie weiß natürlich, dass er damit ein Fläschchen Tsipouro meint. Der gute Selbstgebrannte vom letzten Jahr. Blumenpracht und der starke Duft sind ein Segen. So sitzen sie im kühlen Schatten unter den Weinreben und der lange graue Bart des Pfarrers

---

1 = Großgrundbesitzer

hüpft jedes Mal lustig auf und ab, wenn er lachen muss. Es ist spät am Nachmittag, als sich die zwei etwas unsicher erheben, um voneinander Abschied zu nehmen. Sie umarmen sich herzlich und wünschen sich eine gute Nacht. Papa Dimos geht ins Haus. Wahrscheinlich macht er ein Schläfchen und Jannos geht langsam wieder hinauf zum Hof. Heute wird auch er gut schlafen. Als er erwacht, steht Fofo schon am großen Steinofen und macht Feuer. Auf einem Blech stehen die Zutaten für die Bobota. Maismehl, Eier, Zucker, geriebener Kürbis, Butter, Milch und Backpulver. Fofo vermengt es zu Teig und schiebt es in den heißen Ofen. Ein unglaublicher Duft durchdringt das Haus, als Fofo den Maismehlkuchen nach einer starken Stunde herausnimmt. Sie begutachtet das gelungene Backwerk. Ein großes Stück ist für Frau Nitsa und ihren Mann Kostis vorgesehen. Sie sind endlich Eltern geworden. Drei lange Jahre haben sie sehnsüchtig auf dieses freudige Ereignis warten müssen. Nun sind sie überglücklich über die Geburt ihre Tochter Nina. Kostis platzt beinahe vor Stolz und redet von nichts anderem als von seiner kleinen Nina.

So geht die Zeit dahin, in einem kleinen Dorf, in Nord-Griechenland.

Jannos ist sehr zufrieden. Die Ernten sind immer gut und auch die Tiere vermehren sich prächtig. Von Unglück und Krankheiten wurden sie bisher immer verschont. Jannos schaute kurz in den Himmel und murmelte: „Oh Herr, ich danke dir!!!" Die Viehhändler sind gekommen. Sie sehen nach den Tieren, die zu verkaufen sind, und bald darauf beginnt das große Feilschen. Immer begleitet von theatralischen Gesten und markigen Worten. Es gehört einfach dazu. Jannos verhandelt mit viel Hingabe und noch mehr Geschick und am Ende sind alle zufrieden. Die Großhändler wissen, sie haben gute Ware gekauft, so wie jedes Jahr. Besiegelt werden die Verträge mit Handschlag, so wie es der Vater und der Großvater schon getan haben und bezahlt wird mit Goldmünzen. Noch ein kleines Schwätzchen und er macht sich auf den Heimweg. Zu Hause nimmt er seine Fofo in den Arm und gibt ihr einen Kuss. Der Tag war erfolgreich. Jannos gibt ihr das kleine Ledersäckchen mit den Goldmünzen und sagt zu ihr. „Gib sie bitte zu den anderen, du weißt schon, wo im Lauf der Jahre sich einiges angesammelt hat, wir sind sparsam und wir haben gut gewirtschaftet. So langsam müssen wir an die Aussteuer unserer Töchter denken. Ich bin stolz auf dich, meine Liebste, eine ist schöner als die andere." Und er küsst sie noch einmal auf die Stirn.

Fofo schmust sich zärtlich an ihren Jannos und sagt zu ihm: „Heute ist eine Einladung aus dem Dorf Panohori gekommen. Es ist der erste Sonntag nach Ostern. Die Tochter deiner Kusine und der Sohn vom Kirchenmessner heiraten, es sind gleich zwei Hochzeiten. Ich gehe morgen in die Stadt, um Geschenke zu kaufen und neue Kleider für die Mädchen. Es werden viele Leute da sein und ich möchte, dass sie hübsch aussehen. Unser Sohn schaut auch schon nach den jungen Dingern." Jannos grinst in sich hinein und sagt nichts. Er kennt den Lauf der Dinge.

Es ist der letzte Montag vor Ostern. Es ist viel zu tun im Haus, im Garten, in die Ställen und abends geht man in die Kirche. Das ganze Dorf bereitet sich auf die heiligen Osterfeierlichkeiten vor. Im Dorf gibt es auch eine Jehova-Familie. Die Frau hat heimlich ihre Kinder bei Papa Dimos taufen lassen. Jannos hat zwei Lämmer für den österlichen Spießbraten ausgesucht. Wie jedes Jahr stiftet er sie der Dorfgemeinschaft. Es geht ihnen gut und er macht es gerne. Er schätzt die Menschen im Dorf. Schon vor langer Zeit haben Jannos und Fofo angefangen, die Erlöse aus dem Viehverkauf in Goldmünzen zu wandeln. Sie betrachten es als Pflicht. Für die Kinder muss etwas Massives da sein. Gold ist immer ein beständiger Wert. Die Töchter vom Zelinga konnten doch nicht nackt heiraten, ohne Goldmünzen. Für ihren Sohn Panagi gibt es einen Extra-Beutel. Wer möchte nicht solche Schwiegertöchter oder so einen Schwiegersohn?!

Der Mann von Mariori ist letztes Jahr im Herbst gestorben. Er war schwer krank und hinterlässt sie mit zwei Kindern. Eine Tochter mit zehn und einen Sohn mit sieben Jahren. Aber sie sind nicht allein. Die Dorfgemeinschaft kümmert sich um die unglückliche Familie. Papa Dimos und seine Frau sorgen für die

Kinder der Witwe Mariori, die Hirten von Jannos nehmen das Vieh mit auf die Weide und andere Nachbarn bepflanzen im Herbst die Äcker. Wie soll eine Frau mit zwei Kindern auch zurechtkommen? Die Kinder des Dorfes spielen oft mit den zwei Halbwaisen, sodass sie nicht so oft an ihren Vater denken müssen, der viel zu früh von ihnen gegangen war.

Fofo und die Töchter machen sich bereit für die Ostereinkäufe. Nikoli, der Hausdiener und Adoptivsohn, ist voll in Aktion. Er darf mit in die Stadt und soll die Kutsche lenken. Die Kutsche hat er den ganzen Abend poliert und gewienert. Die Pferde tragen ihr bestes Zaumzeug und sind mit allen möglichen Dingen geschmückt. Über die Kutsche hat er die Plane gespannt, zum Schutz vor der Sonne. Er hat jetzt die Verantwortung für die Damen des Hauses und für das edle Gespann. Sein weißes Hemd hat er angezogen und darüber trägt er eine rote Samtweste, die ihm die Herrin letzte Weihnachten geschenkt hat. Er blickt zufrieden auf die gekämmten und gestriegelten, hellbraunen Mähnen der Tiere, auf die kleinen Glöckchen am Zaumzeug, und wartet voller Stolz, dass es bald losgeht. Das Lachen und Kichern der Mädchen ist zu hören. Der Winter war lang und es hat wenig Abwechslung gegeben. Nun sind sie alle ein wenig aufgeregt und freuen sich auf den seltenen Ausflug! Nikoli springt vor Freude …

Der alte Hund Arko kommt, schaut, als wolle er „Auf Wiedersehen" und gute Reise wünschen. Er ist in die Jahre gekommen und muss nicht mehr die Tiere beschützen. Sein Revier ist jetzt der Hof. Manchmal geht er ein bisschen spazieren, zum Dorfplatz, wo er sich von Papa Dimos streicheln lässt. Wieder zu Hause legt er sich breit vor die Haustüre, streckt seine alten Pfoten von sich und döst vor sich hin. Seine heroischen Zeiten sind vorbei. Damals im Schneesturm, als er noch jung und stark war, haben die Wölfe ihre Erfahrungen mit ihm gemacht. Es waren ruhmreiche Tage, vergangene ruhmreiche Tage. Die ganze Zeit war er immer bei Jannos, seinem Herrn. Gemeinsam hüteten sie die Tiere. Jannos gestützt auf seine Gliza und der Hund immer aufmerksam an seiner Seite. Wenn Jannos in der Mittagshitze im dichten Schatten der Bäume ein Schläfchen hielt, war Arko immer auf der Hut und hielt Wache. Er hatte keine Angst, da konnte kommen, was wolle. Nicht einmal eine Schlange kam in ihre Nähe. Einmal war ein Adler auf der Jagd nach den kleinen Küken, Arko hatte ihn verjagt und auch der Fuchs hatte begriffen, dass er im Hühnerstall nichts zu suchen hatte.

Fofo schaut auf ihre Kinder und denkt an ihre eigene Jugend. „Sie haben Glück, Eltern zu haben", denkt sie. Sie selbst hat ihre Mutter früh verloren. Die Liebe ihres Vaters und die Güte der Großmutter haben ihr über diese schwierige Zeit geholfen. Als dann noch Jannos in ihr Leben trat und sie ihm vier gesunde Kinder schenken konnte, war ihr Glück perfekt. „Allmächtiger, ich danke dir, du bist mir beigestanden", denkt sie. Nikoli muss nächstes Jahr zum Militär. Es ist ein Mann aus ihm geworden. Eigentlich war er kein Hausdiener, er war eher wie ein eigener Sohn, der sich dankbar und verantwortungsvoll seinen Aufgaben widmete. Fünf Männer und zwei Mädchen sind gekommen. Jannos braucht sie für die Arbeit am Weinberg. Er möchte im August eine gute Weinlese. Mit zwinkerndem Auge sagt er zu seinem Sohn: „Mit den Weinreben ist es wie mit den Frauen, je mehr du sie streichelst, desto mehr Liebe geben sie dir zurück." Nikoli hilft Fofo und den Töchtern beim Besteigen der Kutsche. Er nahm die Zügel in die Hand, schnalzt zweimal mit der Zunge und es geht los. Es ist noch früher Morgen und etwas kühl. Als sie in die Stadt hineinfahren, ernten sie bewundernde Blicke. Sie sind hübsch anzusehen, die jungen, schönen Mädchen mit ihrer Mutter und das prachtvolle Gespann. Fofo möchte gegen Mittag wieder zu Hause sein, aber die Mädchen protestieren lauthals und sie lässt sich umstimmen. „Sie haben Recht, meine Lieben, ein bisschen Abwechslung wird euch gut tun."

Nikoli versorgt zuerst das Gespann. Er reibt den Pferden den Schweiß ab, gibt ihnen getrocknete Sano zu essen und holt zwei Eimer Wasser. Zuerst geht es in die Kafeteria. Ihre Kusinen aus dem Nachbardorf sind auch da. Man hat sich lange nicht gesehen und es gibt viel zu erzählen. „Lass uns nun einkaufen gehen", drängt Fofo zum Aufbruch. Sie mochte dieses endlose Getratsche nicht besonders. Jeder Laden hat etwas zu bieten und so ist das Gespann bald voll beladen. Müde und zufrieden treten sie den Heimweg an. Nikoli, der vorne auf dem Bock die Pferde lenkt, summt vor sich hin. Es war ein aufregender Tag und er war schon lange nicht mehr in der Stadt gewesen. Er ist sehr glücklich. Im Dorf angekommen, halten sie noch kurz bei Papa Dimos. Sie unterhalten sich kurz, so wie sie es immer tun. Nikoli lässt die Pferde wieder antraben und bald darauf erreichen sie den Hof. Voller Freude und Spannung wird ausgepackt. Er denkt daran, seine Augen auf die jungen Mädchen zu drehen, doch alles zu seiner Zeit! Es ist der letzte Montag vor Ostern, den ganzen Tag ist viel zu tun, im Haus, im Garten, im Stall und abends in die Kirche, das ganze Dorf bereitet sich für das heilige Osterfest vor. Es gib auch eine Jehova-Familie, irgendwie geheim, aber es ist egal, seine Frau hat geheim ihre Kinder bei Papa-Dimos getauft. Jannos hat zwei Lämmer ausgesucht für den Osterlamm-Spießbraten, viele von seinen Lämmern und Ziegen waren letzte Woche in der Stadt und wurden im Schlachthof verkauft.

Vor langer Zeit hat Jannos mit seiner Frau angefangen, das ganze Einkommen aus dem Viehverkauf zu Goldmünzen zu machen, es ist seine Pflicht, für seine Kinder muss was Massives da sein für schlechte Zeiten und Gold ist immer ein guter Finanzpolster. Die Töchter eines Zeliga heiraten nicht nackt, ohne Goldmünzen. Für Sohn Panagi hat er einen Extra-Beutel, die Geschäfte gehen gut, Fofo weiß was zu tun ist.Wer will nicht so einen Schwiegersohn?

In Dorf ist auch die Frau Mariori mit zwei kleinen Kindern, ein Sohn mit sieben Jahren und eine Tochter mit zehn, letzten Herbst ist der Mann gestorben, er war schwer krank. Das ganze Dorf lässt die unglückliche Familie nicht im Stich, alle helfen, wo es möglich ist. Papa-Dimos sorgt mit seiner Frau für die Kinder der Witwe Mariori, Jannos sorgt für das Vieh und der andere Nachbar hat am Herbst die Äcker bepflanzt, wie soll eine Frau alleine zurecht kommen? Die Kinder spielen und beschäftigen sich auf diese Weise, sodass sie nicht an der Verlust des Vaters denken, die kleine Ntina ist jede freie Minute bei der Frau Mariori.

Fofo macht sich bereit, sie geht in für die Ostereinkäufe in die Stadt. „Was meinst du, Jannos, unsere Töchter sind erwachsen, sie haben ihren eigenen Geschmack, was Mode betrifft."

Der Nikoli, der Hausdiener und Adoptivsohn, ist voll in Aktion, er darf mit in die Stadt, Politur und Großputz, die Pferdekutsche und die zwei Adelrosse sind in Vollglanz, über der Karosse ist der Plan gespannt für Sonnenschutz. Nikoli hat großen Respekt für seine Herrin, sie ist ihm öfters beigestanden in schweren Zeiten. Er ist stolz, er hat jetzt die Verantwortung für das edle Gespann und die Damen des Hauses, er macht sich fein, sein weißes Hemd, die Samtweste, ein Geschenk seiner Herrin letzte Weihnachten, schön gekämmte, hellbraune Haare, die Pferde sind auch geschmückt, mit kleinen Glocken und bunten Satteln. Sie stehen stolz und warten, dass es los geht.

Das Lachen und Kichern der Mädchen es ist zu hören, voller Freude, den ganzen Winter sind sie nicht fort gewesen. Nun kommt auch der alte Hund Arko, um „Gute Reise" zu sagen, er hat seine Jahre, er geht nicht mehr das Vieh hüten. Sein Revier ist um das Haus herum, er geht bis zur Dorfplatia spazieren, streckt sich weit und breit vor dem Hauseingang. Seine heroischen Zeiten sind vorbei, damals im Schneesturm, als er noch jung und stark war, haben die Wölfe schon ihre Erfahrungen gemacht, die jungen Hündinnen haben ihn bewundert, vergangene ruhmreiche Tage! Seine ganze Zeit, immer mit Jannos, wenn er in der Sommerzeit über die heißen Mittagsstunde sein Schläfchen hielt, gestützt auf sein Gliza, oder ausgestreckt unter die dichten Schatten der Bäume, der beste Freund ist immer da, kann kommen was will, keine Schlange kommt in der Nähe. Einmal ist ein Adler gekommen, um die Küken zu jagen, aber der Hund ist auf ihn losgegangen, er ist nicht mehr gekommen, auch der Fuchs hat es mitbekommen, dass er sich nicht dem Hühnerstall nähern darf. Das waren Zeiten, jetzt schaut er zu, wie seine Kinder und Enkelkinder auch gut sind. Mit tierischer Kommunikation gibt er ihnen immer einen gutne Rat, so, wie es alle Eltern tun.

Jetzt ist Frühling, Fofo schaut auf ihre Kinder und denkt an ihre Jugendzeit. „Meine Kinder haben das Glück, Eltern zu haben." Sie selbst hat ihre Mutter sehr früh verloren, die Güte ihrer Oma und die Liebe ihres Vater sind ihr Glück und danach ihre große Liebe, Jannos. Gott ist ihr beigestanden. Sie dankt dem Allmächtigen für das Glück ihrer Kinder, den Hausdiener, Nikoli ist ihr immer zur Hilfe, wie ein eigenes Kind. Nächstes Jahr geht er zum Militär, aus ihm ist ein Mann geworden.

Es sind fünf Männer und zwei Mädchen gekommen, um Jannos bei der Arbeit am Weinberg zu helfen, damit sie im August gute Trauben und danach guten Wein bekommen. Panagi weiß, die Weinrebe ist wie ein Weib, umso mehr du die streichelst umso mehr Liebe bekommt man zurück. Nachdem Nikoli, die Töchter und Mutter Fofo auf die Pferdekutsche gestiegen sind, geht es los, es ist noch morgens und ist noch kühl, Fofo hat vor, dass sie vor Mittag zurück sind, aber die Mädchen wollen länger bleiben.

Sie sind in der Stadt angekommen. Nikoli sorgt erst für sein Pferdegespann, reibt den Schweiß ab, gibt ihnen trockene Sano zu essen und was um trinken. Jetzt geht die ganze Clique erst in die Kaffeteria, da treffen sie auch die Kusinen aus dem Nachbarsdorf, es gibt viel zu erzählen, seit letztem Herbst haben sie sich nicht gesehen. Alle sprechen miteinander. „Gehen wir jetzt einkaufen", sagte Fofo, in jedem Laden war etwas zu holen. Vollgepackt und müde treten sie den Weg Richtung Dorf an. Nikoli springt vor Glück, er war schon lang nicht mehr in der Stadt.

Sie sind im Dorf angekommen. Vor dem Haus des Pfarrers machen sie beim Vorbeigehen einen Stopp, grüßen den Pfarrer, eine kurze Unterhaltung und es geht Richtung Heim, was für ein schöner Tag!

Nikoli lässt die Pferde wieder antraben und bald darauf erreichen sie den Hof. Voller Freude und Spannung wird ausgepackt. Die Lieblingssüßigkeit für den Vater, für Panagi ein moderner Gürtel, ein Hut mit einer großen Quaste und eine Weste mit goldenen Verzierungen.

Der Händler hat gesagt, es sei jetzt Mode für junge Männer. Auch für die Mädchen gibt es reichlich auszupacken. Sie sind stolz auf ihren Bruder und er ist stolz auf sie. Die junge Magd, eine Kusine von Nikoli, hat schon die großen Milchkübel bereitgestellt. Jannos und Sohn Panagi nehmen sie und gehen in den Stall, um die Schafe und Ziegen zu melken. Während sie zum Stall gehen, unterbricht ein seltsames Gequake ihre Unterhaltung. Es kommt vom kleinen Bach. Sie stellen ihre Kannen ab und gehen in die Richtung, aus der das Geräusch kam. Die Hinterbeine eines Frosches zappeln noch im Maul einer Schlange. Vergeblich versucht er, um sein Leben zu kämpfen. „Es ist das Gesetz der Natur, sie hat ihre eigene Ordnung. Nur wir Menschen scheinen das manchmal zu vergessen, was Natur heißt und wie abhängig wir von ihr sind. Denk an die Zeit vor drei Jahren, als der Regen im Frühjahr spät kam. Die Weiden hatten wenig Gras und der Bach war ein kleines, winziges Rinnsal. Die Tiere gingen auf der Suche nach Wasser bis ins nächste Tal.", sagte Jannos zu seinem Sohn. Sein Blick schweifte über die nähere Umgebung und er sprach weiter: „Siehst du den Wildrosenbusch, in dem die Nachtigall ihr Nest baut? Die Dornen sind der perfekte Schutz vor allen Gefahren für die kleinen Vögelchen. Das ist Natur."

Ostern rückt näher. Die Frauen haben viel zu tun. Die Häuser werden frisch gestrichen, Hof und Garten in Ordnung gebracht. Am Gründonnerstag werden Eier gefärbt und Hefezöpfe gebacken. Jede Hausfrau hat ihr eigenes Geheimrezept. Sonia, die älteste Tochter der Familie, hat die Ehre, die Blumen für das Grab Jesu zu besorgen. Mit ihrer feinen und melodische Stimme, die sie von ihre Mutter geerbt hat, wird sie am Karfreitag in der Kirche singen. Sie werden alle ihre dunkle Kleidung anziehen und am Karfreitag ihrer außergewöhnlichen Stimme während der Prozession lauschen und dabei dem Herrn danken.

Samstagmorgen bereitet Fofo Joghurt zu. Es ist der erste seit einer Woche. Die Milch der letzten Tage wurde ausschließlich zur Herstellung von Fetakäse verwendet. In der Osternacht, nach der Liturgie, bekommen alle das Abendmahl. „Christos Anesti", ruft Papa Dimos, der Pfarrer, in seinem festlichen Gewand, und alle zusammen antworten: „Alithos Anesti!" Wie jedes Jahr gibt es ein kleines Feuerwerk, die gefärbten Eier werden gegeneinander angeklopft und ein paar Männer schießen mit ihren Flinten in die Luft. Zu Hause angekommen gibt es die traditionelle Magiritsa. Eine schmackhafte Suppe mit Lammfleisch, Innereien, Olivenöl, Zitronensaft und natürlich mit viel Gewürzen und noch mehr Knoblauch. Fofo stellt ein rot gefärbtes Ei neben die Hausikone. Am Morgen des Ostersonntags bereitet Jannos, der Herr des Hauses, das Fleisch für den Spießbraten vor. Panagi geht ihm zur Hand und schaut aufmerksam zu. Er möchte auch einmal so einen köstlichen Braten machen können. Nachmittag gehen die Kinder zur Patentante, um ihr frohe Ostern zu wünschen. Das Fest beginnt. So wie es Brauch ist, gebührt der erste Tanz Papa Dimos und seiner Frau. Danach dürfen die Jungen zeigen, was sie können. Der Duft von Flieder und anderen Frühlingsblumen hängt in der Luft. Die Leute, die aus der Stadt zu Besuch gekommen sind, atmen tief. Sie haben fast vergessen, wie wohltuend die Luft hier auf dem Land ist! Obwohl das Fest noch in vollem Gange ist, machen sich Jannos und sein Sohn bereit für den Berg. Es ist Zeit für seine Leute. Seine Hirten warten oben auf den Ostergruß. Auf dem Weg nach oben beobachten sie die Natur.

„Welch grandiose Schauspiele sie doch immer liefert", sagt Jannos und lacht herzlich. Eine kühle Brise spielt mit den noch grünen Ähren. Biegt sie sanft hin und her. Elegant tanzen sie in den Frühling. Er sieht die Bäume, die er vor langer Zeit mit seinem Vater gepflanzt hat. Damals war er noch ein Kind, heute ist er selbst Vater. „Wie die Zeit vergeht", denkt er, während sie weiter aufsteigen. Die Hütte kommt in Sicht. Der junge Hund Mirko hat die beiden Männer schon entdeckt. Frech bellend und mit wedelndem Schwanz läuft er ihnen entgegen. Er möchte mit Panagi spielen. Die beiden haben jedes Mal großen Spaß miteinander, so lange, bis sie sich erschöpft in den Schatten der Hütte legen. Die Hirten haben ein Lagerfeuer gemacht.

„Christos Anesti", ruft ihnen Jannos zu und sie antworten: „Alithos Anesti, Herr." Gemeinsam setzen sie sich ans Lagerfeuer und Jannos packt die mitgebrachten Speisen aus. Zusammen genießen sie den knusprigen Braten und die rot gefärbten Eier. Jannos und sein Sohn werden heute Nacht auf dem Berg bleiben, damit seine Hirten ins Dorf gehen können, um mit ihren Familien das Osterfest zu feiern. Die Nacht ist ruhig und klar. Tausend Sterne scheinen ihr Licht auf dieses herrliche Fleckchen Erde zu schicken. Hin und wieder hört man eines der kleinen Lämmchen blöken. Der junge Hund Mirko hat sich breit vor der Hütte ausgestreckt und schnarcht leise vor sich hin. Der Chef persönlich hat ihn mit der Flasche großgezogen. Es ist Ende Juni. Auf dem kleinen Hügel steht die Kapelle vom heiligen Ilias, in der Lenio ihm zu Ehren jeden Samstag eine Kerze anzündet. Auch bittet sie ihn diesmal um Regen. Es ist ihr Schutzpatron. Sie weiß, wie wichtig das kostbare Nass für die Felder und die Tiere ist. Oft hat sie ihren Vater mit sorgenvoller Miene mit den Nachbarn sprechen hören, wenn wochenlang in der glühenden Hitze kein einziger Tropfen Wasser fiel. Sie erinnert sich noch an ein Jahr, sie war noch ein Kind, als Papa Dimos zur Prozession rief, den Herrn um Regen zu bitten. Kurze Zeit später hat es dann tatsächlich geregnet. Die Leute haben gelacht, geschrien, geweint vor Freude und den Heiligen gedankt. Werden solche Wunder immer geschehen?

„Mama, das letzte Mal, als wir in der Stadt waren, habe ich einen jungen Mann gesehen, ich glaube, es ist der Sohn vom Schreiner", sagt Lenio schwärmerisch zu ihrer Mutter. „Man nennt ihn Tasso. Er hat grünblaue Augen und blonde, lockige Haare, er ist ein hübscher Kerl. Bis zur Kurve hat er uns nachgeschaut." Fofo lächelt. Sie hat es auch bemerkt, sie war ja nicht blind. „Lenio, meine Liebste, du bist noch sehr jung. Erst ist Sonia an der Reihe und dann sehen wir weiter.", sagt Fofo zu ihrer Tochter und streichelt sie zart über den noch so jungen und doch so klugen Kopf.

Abends, nachdem die Arbeit getan ist, sitzen Fofo und Jannos auf der Veranda. Sie erzählt ihm Lenios kleines Geheimnis. Jannos kann sich das Lachen nicht verkneifen und sagt: „Ja, sie ist ein lebhaftes Kind und hat ihre Reize, aber lass uns jetzt zu Bett gehen. Morgen kommen die Arbeiter für die Ernte. Die

Linsen und die Kichererbsen sind reif und nächste Woche ist der Sesam dran. Wenn ich wieder in der Stadt bin, gehe ich mal beim Schreiner vorbei und fühle ihm ein bisschen auf den Zahn. Es wäre gut, wenn die Schwiegersöhne wären wie wir. Anständige, aufrechte Männer für eine glückliche Familie.", sagt Jannos und küsst seine Frau mit einem Gute-Nacht-Kuss. Die Zeit der großen Ernte beginnt. Alles ist vorbereitet. Die Sicheln und Sensen sind geschärft. Tage voll harter Arbeit erwarten die Erntehelfer. Ganz früh, wenn die Sonne sich noch hinter dem Horizont versteckt und nur wenige Strahlen über die Felder und Äcker schickt, machen sie sich auf den Weg. Fofo hat große, weiße Kopftücher bereitgelegt, zum Schutz gegen die gleißende Mittagssonne. Die Felder sind dieses Jahr sehr fruchtbar. Die kleine Ntina springt voller Übermut über den Bach auf die Straße. Sie erschrickt. Genau in der Mitte sonnt sich eine ziemlich große und lange Schlange. Voller Panik rennt sie nach Hause und ganz außer Atem erzählt sie das schreckliche Erlebnis ihrer Mutter. „Beruhige dich, mein Kind, sie wird dir nichts tun. Komm, trink ein Glas Wasser. Auch eine Schlange hat das Recht zu leben.", sagt Fofo zu ihrer Tochter. Fofo kann die Aufregung ihrer Tochter verstehen, sie mag diese Tiere auch nicht besonders, irgendwie sind sie ihr etwas unheimlich. Die Ernte ist eingebracht. Die große Dreschmaschine steht auf dem offenen Platz am Rande des Dorfes. Staub zieht über die Häuser des Dorfes und der Lärm der Maschine ist nicht zu überhören. Bis jetzt ist alles gut gegangen. Die Felder sind abgeerntet und das Korn ist gedroschen. Jede Familie aus der Dorfgemeinschaft bringt einen Sack Weizen in die Kirche zu Papa Dimos. Sie danken dem Herrn für seine Güte und für die gute Ernte, so wie jedes Jahr. Bald beginnt die Weinlese. Die prallen Beeren der Rebstöcke glänzen in der heißen Augustsonne. Es wird einen guten Wein geben. Die Landarbeit im Sommer ist hart und die Mädchen gehen abends früh zu Bett. Es ist oft eine mühsame Arbeit, aber sie gibt ihnen auch eine tiefe Zufriedenheit. Der alte Hund Arko liegt faul mit heraushängender Zunge im Schatten der Bäume und hechelt nach Kühlung. Nach so einem langen und eisigen Winter genießen die junge Leute vom Dorf die lauen Sommerabende. Auch wenn sie manchmal noch müde von der Arbeit sind, treffen sie sich auf dem Dorfplatz. Die Mädchen gehen spazieren und flirten mit den jungen Burschen. Panagi und Nikoli sitzen auf der halb eingestürzten Mauer am großen Brunnen. Immer mit einem wachsamen Blick auf die Mädchen des Hauses. Ihr Freund Peter hat sein Akkordeon mitgebracht und spielt gekonnt alte und neue Lieder. Er ist ein guter Musiker und freut sich, wie die Jungen und Mädchen zu seinen Klängen tanzen.

„Lass uns nach Hause gehen, morgen ist noch viel zu tun", sagt Panagi zu seinem Freund Nikoli.

„Gut, lass uns ein Rennen machen. Wer zuerst am Hof ist, hat gewonnen", schlägt Nikoli vor und los geht's. Wie zwei Wildkatzen rennen die beiden los. Die Mädchen applaudieren, bis die zwei hinter den Bäumen verschwunden sind.

Seit Tagen geht es der jungen Frau Despo schlecht. Sie ist im letzten Monat schwanger. Das Schicksal hatte es mit ihr und ihrer Schwester nicht besonders gut gemeint. Bei der Arbeit auf dem Feld explodierte eine vergessene Mine und tötete ihre Eltern. Das Waisenhaus war lange ihr Zuhause, bis der Bauer Michael auf sie aufmerksam wurde. Er arrangierte die Hochzeit mit seinem Sohn, und Despo hoffte auf ein besseres Leben. Doch Michael war ein charakterloser Wüstling und machte sie zu seiner Geliebten. Nun war sie von ihrem Schwiegervater schwanger, der nicht nur ihr das Leben zur Hölle machte, sondern auch noch seinen eigenen Sohn hinterging. In ihrer Verzweiflung wendet sich Despo an Fofo. Wo sollte sie auch hin, sie und ihre jüngere Schwester hatten niemanden, der helfen und sie beschützen könnte. Als Fofo abends ihrem Mann davon erzählt, wird seine Miene grimmig und auf seiner Stirn schwillt eine Zornesader.

„Du gehst morgen dahin und holst die zwei Mädchen. Wir müssen vielleicht ein bisschen improvisieren, aber es wird sich schon ein Platz finden. Auf jeden Fall gehst du nicht alleine. Nimm zwei von unseren Leuten mit, man weiß nie, was noch alles passiert", sagt Jannos zu seiner Frau. Nur mühsam kann er seine Wut unterdrücken. Und so geschieht es.

„Schnell, spannt die Kutsche an", ruft Fofo, Despo muss ins Krankenhaus, die Wehen haben eingesetzt. Doch alle Eile ist vergebens. Im Krankenhaus angekommen ist einer der Zwillinge bereits tot. Jetzt hat sie auch noch einen Sohn verloren, den sie nicht einmal kannte, denkt Despo. Trotz der schwierigen Geburt entwickelt sich das andere Kind prächtig. Es ist ein richtiger Wonneproppen und vierzig Tage später wird er auf den Namen Spiro getauft. Lenio ist seine Patentante und wundert sich, wie das Geschrei eines so kleinen Wesens eine ganze Kirche füllen kann. Fofo sieht, wie ein seltenes Lächeln über Despos Gesicht huscht.

„Ja, sie hat ein schweres Los", sagt vor sich hin, rüber zu ihrer Tochter Lenio, „Der Herr prüft sie hart, sie hat eine feine und doch harte Aufgabe."

Eines Abends, Jannos ist auf dem Weg nach Hause, kommt ihm ein Mann entgegen. In der Dämmerung erkennt er ihn zunächst nicht. Auch der andere sieht ihn und seine Schritte geraten ins Stocken. Es ist der Bauer Michael.

„Bleib stehen, du Schuft", ruft Jannos außer sich vor Wut. „Jedes Tier verdient mehr Respekt und Achtung als du." Er schnappt ihn am Hals und ringt ihn zu Boden. Sein Gesicht ist ganz rot, als Panagi, alarmiert von dem Geschrei, kommt und die beiden voreinander trennt. „Vater, hör auf, so ein Lump ist es nicht wert. Mach dir die Hände nicht schmutzig." Jannos lässt von ihm ab und nach Luft ringend taumelt er davon. „Du hast recht, mein Sohn, er ist es nicht wert. Aber kein Wort zu deiner Mutter, das braucht sie nicht wissen." Der Zorn stand ihm noch immer ins Gesicht geschrieben. Langsam gehen die beiden weiter zum Hof, sie müssen sich erst beruhigen, denn Fofo kennt ihre Männer gut. Sie würde sonst schnell merken, dass etwas nicht stimmt. An jenem Tag, bringt Jannos die Milch in die Stadt in den Milchladen von Barba-Georg. Während sie reden, kommt der Bürgermeister vorbei. „Guten Morgen Georg, guten Morgen Jannos", grüßt er die zwei Männer. „Guten Morgen Bürgermeister, was gibt's Neues in dieser Welt?", fragt Jannos, während er mit den Milchkannen hantiert. Der Bürgermeister wirkt ernst und Jannos hält inne. „Ich wollte schon zu dir ins Dorf kommen", sagt der Bürgermeister zu Jannos. „Das Landratsamt hat einen Brief geschickt." „Schlimm?", fragt Jannos. „Es ist gekommen, wie wir es befürchtet haben. Es sind viele Menschen auf der Flucht, von überall her. Von Euxinos Pontos, Smirni, Konstantinoupoli, einfach von überall aus der Türkei. Ein großes Verbrechen geschieht an unserem Volk. Man sagt, das Meer ist rot von Menschenblut. Sie ermorden unsere Leute und verbrennen unsere Kirchen. Von Massakern ist sogar die Rede. Alles, was christlich ist, wird vernichtet. Wir alle müssen sie aufnehmen. Auch eurem Dorf werden Leute zugeteilt, es werden viele Frauen und Kinder, Alte und Schwache dabei sein. Wir müssen alle helfen." „Du hast Recht, Bürgermeister", sagt Jannos. „Es sind alle Geschöpfe Gottes und wir sind ein Volk. Wir werden sie willkommen heißen. Wenn ich wieder zu Hause bin, spreche ich gleich mit Fofo und Papa Dimos. Wir werden noch heute die Dorfgemeinschaft zusammenrufen!"

Am späten Nachmittag ist Jannos wieder im Dorf. Sofort geht er zu Papa Dimos, dessen langer Bart heute besonders grau zu sein scheint, und erzählt ihm, was er vom Bürgermeister erfahren hat.

„Ich habe so etwas schon lange befürchtet, Jannos", sagt Papa Dimos. „Die jungen Leute sollen die zwei großen Räume hinter der Schule saubermachen und herrichten. Wir müssen auch die anderen fragen, ob sie noch irgendwo Platz haben, den sie nicht unbedingt selbst benötigen." „Milch für die Kinder kann ich bringen, das dürfte kein Problem sein, und wenn die Ernteerträge so bleiben, muss auch niemand hungern", sagt Jannos. Die Pfarrersfrau kommt mit einem kleinen Krug Wein und zwei Gläsern in der Hand. Sie schaut in die sorgenvollen Gesichter der Männer, schenkt ein und sagt: „Es wird vielleicht nicht einfach, aber wir werden das schaffen." Am Hof angekommen erzählt Jannos seiner Fofo von den schrecklichen Neuigkeiten. „Wenn wir die zwei Zimmer hinten umräumen, könnte das für eine Familie reichen. Sie sind nicht groß, aber es müsste gehen", macht sich Fofo sofort Gedanken, „Und der Hof ist groß genug, damit die Kinder spielen können. Wann werden sie kommen, Jannos?" „In ein paar Wochen, hat der Bürgermeister gesagt", antwortet Jannos. Auf einmal zieht sich der Himmel zu. Es wird ganz dunkel und ein starker Regen setzt ein. Erschrocken sucht sich das Geflügel einen Unterschlupf. Der alte Hund Arko liegt in seiner trockenen Hütte und schaut gelangweilt den gackernden Hühnern hinterher. Der Regen wird stärker und ein kleiner Bach läuft über Nachbars Garten in den Hof von Frau Christa. Mit einem Umhang bekleidet und mit einer Hacke in der Hand stürmt sie aus dem Haus und versucht, das Wasser umzuleiten. Bedauerlicherweise läuft es nun in den Garten der anderen Nachbarin. Diese kommt ebenfalls mit einer Hacke aus dem Haus und unter großem Geschrei und Geschubse landen schließlich beide im Matsch. Die ganze Familie Jannos steht am Fenster und schaut lachend zu. „Die beiden können es nicht lassen", sagt Fofo, „Sie streiten wie zwei Gockel und morgen ist wieder alles vergessen." Eine gute Stunde später lässt der Regen nach. Der Himmel klart auf und die ganze Landschaft zeigt sich in satten Farben und die Luft ist frisch und rein. Fofo hat Teigwaren für den Winter getrocknet, auch das Obst aus ihrem Garten ist eingelagert. Sie weiß, der Winter wird wieder lang. Man muss vorbereitet sein. Fofos Haushalt ist perfekt, alles hat seine Ordnung. Lenio bereitet das Fläschchen für den kleinen Spiro. So ist es, wenn man Patentante ist. Er lacht in ihrem Arm liegend und wartet ungeduldig auf seine Milch. Seine kleinen Babyfinger spielen mit Lenios langen Zöpfen, während er hastig nuckelt und trinkt. Mit seinem einfachen Lachen und seinem kindlichen Gebrabbel erfreut er alle auf dem Hof.

„Ja, Kinder sind das größte Geschenk, das der Herr uns macht. Ihr Lachen, ihr Weinen, die ersten Worte, die ersten Schritte", sagt Jannos und lacht heimlich über seine Frau, die einen kleinen Hut strickt. Alles dreht sich um den kleinen Spiro. Er ist für Fofo schon so etwas wie ein Enkelkind. Despo ist ihr sehr dankbar, denn sie weiß nicht, was aus ihr und ihrer Schwester geworden wäre ohne die Hilfe von Fofo. Kleine Ameisen krabbeln über den Hof und tragen die Vorräte für den Winter zu ihrem Hügel. Unermüdlich schleppen sie das Vielfache ihres eigenen Gewichts zum Wohle ihres Volkes. So klein und doch so stark gehen sie ihren Weg.

Es ist Nachricht gekommen vom Landratsamt. Die Flüchtlinge sind auf dem Weg. Familien mit alten Leuten und Kindern. Viele krank von den Strapazen eines beschwerlichen Weges. Das, was sie mit ihren eigenen Händen geschaffen haben, mussten sie zurücklassen. Häuser, große, fruchtbare Ländereien, auf denen schon Generationen gearbeitet und gelebt haben. Diese Heimat haben sie verloren. Seit vielen Jahrhunderten haben sie dort gelebt. Am Bosporous in Konstantinoupoli, in Ephesos, von Smyrni bis Adana. Es waren blühende Städte, mit Universitäten und Hochschulen. Architekten erschufen großartige Bauwerke, Philosophen und Wissenschaftler eifern um die Wette und erlangten dabei großes Wissen. Nun sind sie hier in einem kleinen Dorf im Norden Griechenlands.

Auch ein Pfarrer ist mitgekommen, Papa-Thaki. Wenn man in sein müdes Gesicht schaut, braucht es keine Worte, um zu ahnen, was diese Menschen durchgemacht haben. Auf diesem langen Weg haben viele von ihnen geliebte Menschen verloren. In den dunklen Laderäumen des Schiffs, zusammengepfercht wie Vieh, wagten sie die Überfahrt. Was blieb ihnen auch anderes übrig? Krankheit und Hunger setzten ihnen zu und die Kälte tat ein Übriges. Manche sind einfach nur eingeschlafen, um nie wieder aufzuwachen. Die Witwe Maria ist gerade mal dreißig Jahre alt. Eine dürre Gestalt mit knochigen Händen. Trotz ihrer eigenen drei Kinder kümmert sie sich noch um die Mädchen ihrer ehemaligen Nachbarin. Sie war schwanger und hat die Anstrengung dieser Flucht nicht überlebt. Es wird Zeit, dass diese Leute wieder Ruhe finden. Papa-Dimos und Papa-Thaki, die beiden Pfarrer, sitzen auf der halb eingefallenen Mauer im Hof vor der Kirche und unterhalten sich. Doch Papa-Thakis Gedanken sind weit weg, in einer fernen Welt und in einer verlorenen Heimat. Erst, als er Papa-Dimos' Hand auf seinem Unterarm spürt, vernimmt er seine Stimme.

„Es ist spät, mein Freund", hört er ihn sagen, „Es ist Zeit
für das Abendgebet." Als sie wieder aus der Kirche treten, bittet Papa-Thaki: „Lass uns noch ein bisschen reden. Ich weiß gar
nicht, wo ich anfangen soll. Die heilige Schrift, das Evangelium, das ich dir gegeben habe, trug eine Frau unter ihren Kleidern verborgen. Sie hat gerade ihr Baby gestillt, als eine Panik
auftrat. Jeder wollte auf das Schiff und es gab ein großes Gedränge. Ich hörte ein Kind schreien, drehte mich um und sah
noch, wie eine Horde Türken ein Mädchen mit sich zerrte. Es
war ihre Tochter Nula, gerade mal elf Jahre alt. Das Schiff hat
ohne sie abgelegt, niemand konnte ihr helfen, es gab keine Chance. Noch heute höre ich die verzweifelten Schreie der Frau. Sie
hat es nicht lange ertragen, sie war eine gebrochene Frau und
eines morgens fand man sie tot zwischen den anderen. Sie ist
einfach gestorben, eine noch junge Frau, die ihr Leid nicht mehr
hat ertragen können. Wir haben sie dem Meer übergeben, so
wie viele andere auch."

„Mein Freund, ich verstehe deinen Schmerz", sagt Papa-Dimos, „Aber lass uns jetzt nach Hause gehen. Wir brauchen alle
etwas Ruhe und Schlaf." Die Frau von Papa-Thaki wartet schon
und schaut ihn fragend an. „Ich weiß, es ist spät, aber mach dir
keine Sorgen. Papa-Dimos und ich haben uns unterhalten. Ich
musste einfach einmal mit jemanden reden. Schwere Last trage ich auf meinen Schultern. Alle wollte ich in eine neue Heimat führen, doch dieses Versprechen konnte ich nicht halten.
Viele haben wir auf dieser Odysee, auf diesem Weg, verloren.
Unsere Wurzeln sind dort, wo wir herkommen, auch viele sind
zurück geblieben. Aber dieses Dorf ist friedlich und die Menschen sind gut, das gibt Hoffnung. Morgen gehen die Kinder
zum ersten Mal in die Schule, alle in eine Klasse. Ich hoffe, sie
kommen zurecht. Sie müssen viel lernen, weil die griechische
Sprache und die griechische Schrift bei uns lange verboten waren. Nur wenige konnten es heimlich erlernen. Wenn ich in die
Gesichter der Kinder schaue, frage ich mich, wo wohl ihre Gedanken sind. Lass uns zu Bett gehen, meine Papadia", sagt Papa-Thaki zu seiner Frau.

Die Witwe Maria hat drei Söhne. Hübsche Jungs. Thimoteus ist der jüngste mit sieben Jahren, sein Bruder Thanasi ist acht. Stathis ist mit seinen zehn Jahren der älteste. Er schämt sich ein bisschen, weil er zu den kleineren Kindern in eine Klasse gehen muss. Sie haben schnell zueinander gefunden, die Flüchtlings-kinder und die Kinder aus dem Dorf. Oft spielen sie zusammen und scheinen vergessen zu haben, was passiert ist. Doch wenn abends Ruhe einkehrt, hört man sie, von Alpträumen geplagt, leise schreien. Die schrecklichen Bilder der Flucht, die Panik im Hafen, werden sie ihr Leben lang begleiten. Ihren Ältesten hat Maria auf dem Schiff ihrer Pflegetochter versprochen, auch wenn dieser Sympathien für die jüngere Christa hegt. Aber was Mut-ter sagt, wird getan. Langsam kehrt allmählich wieder ein Stück Normalität in das kleine Dorf im Norden Griechenlands ein.

Der Staat hat sich großzügig gezeigt und den Flüchtlingen Land zugeteilt. Auch das eine oder andere Haus konnten sie be-ziehen und irgendwelche Probleme schaffte man gemeinsam aus dem Weg. Jeder half jedem. Für die Älteren wird die Hei-mat immer dort sein, wo sie hergekommen sind, für die Jün-geren wird sie eine Erinnerung sein und die nächste Generati-on wird ihre Heimat hier haben, aber niemals werden sie ihre Herkunft vergessen.

Mit der Zeit ist Thanasis einer der besten Schüler geworden. Er ist intelligent, witzig und hat viel Humor. Stathis hingegen sieht sich in der Vaterrolle und ist manchmal etwas mürrisch, wenn nicht gar neidisch. Oft meckert er an seinen Brüdern herum, sodass Mama Maria wieder für Ordnung und Frieden sorgen muss. Sie hat eine große Verantwortung für ihre drei Jungs und ihre Pflegetöchter. Timotheus ist sehr stolz auf sei-nen Bruder. Auf dem Weg von der Schule sagt er mit schelmi-schen Grinsen zu seinem Bruder: „Thanasis, ich glaube, aus dir wird mal ein großer, berühmter Mann." Mit einem jugendlichen, frischen Lachen antwortet er: „Mein Lieber, du bist auch nicht ohne. Du bist ein unverschämt gutaussehender junger Mann. Alle Mädchen in unserer Schule drehen sich nach dir um und schauen dir hinterher. Aber lassen wir jetzt den Unsinn. Machen wir, dass wir nach Hause kommen. Die beste Mutter der Welt wartet bestimmt schon auf uns, wir wollen ihr keinen Kummer bereiten." Mama Maria hört sie schon von weitem, wie sie singend und lachend den Weg herauf kommen. Eine tiefe Dankbarkeit ergreift sie und sie dankt dem Herrn für seine Gaben, für ihr kleines Haus und den Frieden, den sie endlich gefunden hat. Sie sind Freundinnen geworden, Fofo und Nachbarin Maria. Ihre Töchter gehen in die gleiche Schule, und Fofo hilft ihr, wo sie kann. Thanasis hat seine erste Belobigung aus der Schule mitgebracht. Maria kann es kaum glauben, ihr Sohn, der beste Schüler im Dorf. Ungekannte Gefühle der Freude schnüren ihr die Kehle zu und Tränen kullern über ihre Wangen. Sofort rennt sie zu Fofo und bald weiß es das ganze Dorf. Papa-Dimos und Papa-Thaki sind gekommen, um zu gratulieren. „Damals, als wir vertrieben wurden und viel zurücklassen mussten, habe ich mich oft um die Zukunft unserer Kinder gesorgt. Viele Gedanken habe ich mir gemacht, was wohl aus ihnen werden wird. Nun scheint es mir, sie haben einen Weg gefunden", sagt Papa-Thaki zu seinem Freund. Papa-Dimos nickt mehrmals und bei jedem Nicken hüpft sein langer Bart ein Stückchen vor und dann wieder zurück. „Ja, mein Freund, sie haben einen Weg gefunden", antwortet Papa-Dimos, und beiden sieht man an, sie sind sehr stolz auf das, was hier geschaffen wurde. Die Gefühle haben Mama Maria überwältigt. Ihre müden Hände zittern und ihre Stimme wird von Weinkrämpfen erstickt. „Wo ist der Vater, der die Söhne heranwachsen sieht, wie sie langsam zu Männern werden?", fragt sie zu sich wieder und wieder.

Jannos ist wie immer mit seinen Tieren und seinen Ländereien beschäftigt. Und natürlich mit seinem Weinberg. Noch mehr macht er sich Gedanken um eine größere Unterkunft für das Vieh. Er kennt eine Felshöhle, die geschützt von Wind und Wetter an einem Hang liegt. Sie bietet reichlich Platz und man könnte sie mit einem Zaun abgrenzen. Er hat ein paar Leute eingestellt. Es gibt gutes Geld für gute Arbeit und die Leute wissen, bei Zelinga Jannos wird korrekt bezahlt.

Über die Jahre hat man sich gut kennengelernt und ein paar Freundschaften sind entstanden. Fofo weiß, viele dieser Leute haben wenig Arbeit übers Jahr und sie besitzen keine Reichtümer. So bekommt jeder abends eine Kanne Milch für die Kinder und noch eine Kleinigkeit zu essen mit nach Hause.

Es ist wieder Frühling und es ist Zeit, die Schafe und Ziegen zu scheren. Jannos hat sich für dieses Jahr etwas besonderes ausgedacht, einen Wettbewerb. Derjenige, der als erster fünf Schafe fertig hat, bekommt einhundert Drachmen extra. Schnell hat sich das herumgesprochen und ein paar Leute aus dem Dorf sind heraufgekommen. Auch die beiden Pfarrer lassen sich dieses kleine Spektakel nicht entgehen. Jannos gibt das Kommando und mit Feuereifer machen sich die Männer über die Tiere her. Die Zuschauer klatschen und feuern sie an, bis die letzte Wolle gefallen ist. Schnell sind sie alle, aber Chari ist einen Tick schneller. Voll Freude reißt er die Arme hoch und die Leute applaudieren. So etwas hatte es noch nie gegeben. Wenn die Arbeit getan ist, wird Chari seine Kollegen zum Essen einladen, er möchte nicht alles für sich selbst behalten. Nach drei Tagen ist die Arbeit getan. Jannos schlachtet zwei Lämmer und alle, die auf dem Hof arbeiten, sind mit ihren Familien eingeladen. Am kleinen Wäldchen steht ein altes Haus. Es hat wirklich schon bessere Tage gesehen. Das Gemäuer ist hier und da ein bisschen bröckelig und auf der windgeschützten Seite haben Schwalben ihre Nester gebaut. Die Jungen zwitschern, als wollten sie den Frühling begrüßen. Die kleine Mauer, die das Haus umgibt, ist an vielen Stellen eingefallen und mit Unkraut und allerlei dornigem Gestrüpp überwachsen. Es steht seit vielen Jahren leer. Als Jannos zufälligerweise auf der Suche nach einem Lamm an diesem alten Haus vorbei geht, kommt ihm eine Idee. Sofort macht er sich auf den Weg ins Dorf, um mit den Pfarrern zu reden. Er findet beide auf der halb eingestürzten Mauer sitzend. Beide sind ganz vertieft in das heilige Buch, selten trifft man einen allein. „Guten Tag, Papa-Dimos, guten Tag, Papa-Thaki", ruft Jannos schon von Weitem. „Guten Tag, Zelinga", sagt Papa-Dimos schmunzelnd. Auch Papa-Thaki grüßt ihn mit einem Lächeln. „Was gibt's Neues, Jannos?" „Du kennst doch das alte Haus am Wäldchen. Ich bin gerade dort vorbeigekommen und dann kam mir eine Idee. Frau Martha mit den vielen Kindern hat noch kein richtiges Heim, wenn niemand etwas dagegen hat, könnten wir es ihr geben", sagt Jannos zu den zwei Klerikern. Die Pfarrersfrau kommt mit einem Krug Wein und drei Gläsern. Sie hat gehört, was Jannos gesagt hat. Sie schenkt ein, reicht Jannos ein Glas und sagt: „Eine gute Idee, Jannos, du hast ein großes Herz." „Natürlich gibt es da viel zu tun. Wenn aber jeder mit anpackt, ist es in ein paar Wochen wieder bewohnbar und Frau Martha und ihre Kinder hätten ein anständiges Heim", spricht Jannos mit Begeisterung weiter. „Gut", sagt Papa-Thaki, „Wir werden mit den Leuten reden. Uns werden sie nichts abschlagen können." So bekommen Frau Martha und ihre Kinder ihr neues Zuhause. Es ist ein schönes Haus geworden. Viele fleißige Hände waren am Werk. Es ist vielleicht nicht besonders groß, aber schön und eines Tages werden sie es als ihre neue Heimat betrachten. Ein neuer Anfang ist getan und seit langer Zeit richtet Frau Martha ihren Blick wieder in die Zukunft. Zwei Mädchen und drei Jungen muss sie versorgen. Der Vater ist auf der Überfahrt gestorben. „Gott sei Dank haben die Kinder schnell Freundschaft geschlossen", denkt sie, „Das macht es ihnen leichter. Sie werden nie vergessen, wo sie einmal hergekommen sind. Die Erinnerungen an das, was für sie einmal Heimat war, werden vielleicht verblassen, aber vergessen werden sie es nie."

Früh am Morgen sieht Jannos aus dem Fenster. Es hat geregnet in der Nacht und der Boden ist nass. Die Äcker und Felder haben das Wasser dringend nötig. Er sieht, wie zwei Landschildkröten unendlich langsam auf eine Wasserlache zukriechen, um zu trinken. Es macht ihm Spaß, ihnen zuzuschauen. „Mensch, Mensch, mach die Augen auf und sehe die Natur. Sei ihr nahe und öffne dein Herz, deinen Verstand. Mensch, du glaubst, die Krönung der Schöpfung zu sein, beweis es." So denkt Jannos bei diesem einfachen, natürlichen Event, zwei Landschildkröten!

Das letzte Ostern verbrachten die Neuankömmlinge in der schwankenden Enge eines Schiffes. Papa-Thaki gab sich viel Mühe mit dem Fest der Auferstehung. Mit großem Risiko trug er die heilige Reliquie und die heilige Schrift bei sich. Die Leute lieben ihn dafür, er hat viel für sie getan. Er ist ihnen Vater und Freund. Dieses Jahr können sie die Insignien ihres Glaubens wieder offen und ohne Angst zeigen.

KAPITEL ZWEI

Seit Tagen hat Jannos ein komisches Gefühl, so als würde er beobachtet werden. Aber so aufmerksam er auch ist, kann er nichts und niemanden entdecken. Als er abends hinauf zur Hütte geht, beobachtet er die Gegend genau. Nichts ist anders als sonst und er beginnt, an sich selbst zu zweifeln. Es ist mitten in der Nacht, als ihn ein seltsames Geräusch aufwachen lässt. Er geht vor die Tür, lauscht angestrengt und wirft einen prüfenden Blick in die Runde. „Alter Narr", denkt er sich, „Du siehst und hörst schon Gespenster." Auch der Hund hatte nicht angeschlagen. Am nächsten Morgen ist alles so wie immer, aber ein ungutes Gefühl bleibt.

Er beschließt, es für sich zu behalten, er möchte seine Fofo nicht beunruhigen. Nachmittags ist er wieder unten auf dem Hof und ruht sich im Schatten aus. „Fofo, ich gehe zu Papa-Dimos", ruft er. Sie schaut aus dem Fenster und winkt ihm lachend zu. „Viel Spaß euch beiden", ruft Fofo ihm nach.

Er findet ihn beim Unkrautjäten in seinem Garten. Papa-Dimos legt die Hacke aus der Hand und wischt sich mit einem Tuch den Schweiß von der Stirn.

„Hallo Zelinga", sagt er, froh über die Abwechslung, wird aber sofort stutzig. Irgendetwas ist heute anders. „Du wirkst so bedrückt, Jannos. Was ist los, hast du ein Problem?" „Nein, mein Freund, es ist nichts. Vielleicht werde ich langsam alt. Wie geht es Papa-Thaki und seinen Leuten? Ich hatte viel zu tun in der letzten Zeit und musste mich um allerlei kümmern."

„Es geht ihnen gut. Die meisten haben sich zurecht gefunden und sind zur Ruhe gekommen. Natürlich sitzt bei vielen der Schmerz noch tief, aber der Alltag und die Normalität lassen sie es leichter ertragen."

Tage später ist Jannos wieder auf dem Weg zur Berghütte. Seine Hirten werden heute den Abend bei ihren Familien verbringen. Er ist etwas spät dran und während er eilig den Weg entlang geht, wundert er sich über den unruhigen Hund. „Vielleicht ist er müde und möchte nach Hause oder er ist krank", spricht Jannos zu sich, „Ich glaube, ich gehe mit ihm zum Tierarzt, wenn wir zurück sind." Er denkt über die Geschäfte nach. Sein Besitz hat sich im Lauf der Jahre vergrößert. Klug und umsichtig hat er gehandelt und verhandelt. Auch konnte er dieses Jahr dreißig Goldmünzen für die Aussteuer seiner Töchter zurücklegen.

„Ich werde noch zwei Leute brauchen, sonst ist die Arbeit nicht zu schaffen", überlegt Jannos, „Vielleicht können mir die zwei Pfarrer welche empfehlen. Sie kennen die Leute gut."

An der Hütte angekommen, beschleicht ihn wieder dieses seltsame Gefühl. Er nimmt die Milchkannen, spült sie aus und lehnt sie umgekehrt an die Wand der kleinen Hütte, wo sie trocknen können. Nach seinem Kontrollgang kehrt er in die Hütte zurück, löscht die Petroleumlampe und legt sich schlafen. Morgen früh kommen seine Hirten wieder. Die Hunde sind die ganze Nacht unruhig, vielleicht treibt sich irgendwo ein Wolf herum. Er hat nicht besonders gut geschlafen, als die Dämmerung anbricht und die Sonne ihre ersten Strahlen über die Berge schickt. Tau hängt an den Gräsern auf der Weide und die Felsen glänzen feucht im Morgenlicht.

Fofo hat sich ihr kleines Pferd satteln lassen. Eine nicht gekannte Unruhe lässt sie ihren Mann vermissen. Sie reitet ihm langsam entgegen, um ihn zu überraschen. Die Freude ist groß, als sie sich treffen. „Ich habe dich vermisst", sagt Fofo in seinen Armen liegend. Sie küssen sich und schauen einander tief in die Augen, so wie sie es schon lange nicht mehr getan haben. „Ich habe dich auch vermisst, Liebste. Gebe Gott, dass unsere Kinder einmal genauso glücklich sind wie wir." Jannos nimmt die Zügel des Pferdes und gemeinsam gehen sie Hand in Hand zurück zum Hof. Fofo hat Kaffee gekocht und Jannos gibt einen Löffel Zucker in seine Tasse. Er kann seine Gedanken nicht mehr zurückhalten und er erzählt ihr, was ihn beschäftigt. „Fofo, mein Augenlicht, ich habe seit Wochen ein ungutes Gefühl. Ich kann es nicht erklären, aber irgendetwas ist anders. Ich glaube, die Dinge ändern sich. Auch habe ich den Eindruck, dass mich jemand beobachtet, aber ich sehe niemanden." Kaum hat er es gesagt, bereut er es auch schon wieder. Fofo schaut ihn fragend an, sie weiß nicht genau, was er meint. „Wahrscheinlich bilde ich mir das alles nur ein", sagt er. „Vergiss es einfach, meine Liebste." Er möchte seine Frau nicht beunruhigen.

Die ganze Familie sitzt zu Mittag. Die kleine Ntina ist mürrisch. Sie hatte gestern Streit mit einem Mädchen aus der Nachbarschaft. Fofo streichelt ihr sanft über das goldblonde, gelockte Haar. Es fühlt sich an wie feine, leichte Seide. „Alles nicht so schlimm", sagt Fofo, das ist bald wieder vergessen. Sonia und Lenio tuscheln miteinander und lachen heimlich. Sie haben gestern ihren Bruder am steinernen Wasserbassin gesehen, wie er mit den Mädchen geflirtet hat. Die Jugend hatte ihre eigenen Geheimnisse. Das leichte Geplapper lässt Jannos einschlafen. Er ist müde und hat schlecht geschlafen. Die Nacht war unruhig. In Gedanken ist er immer bei seiner Familie, den Tieren, Olivenbäumen, Weinbergen und Äckern. Wenn die Familie intakt ist, hat auch die Gesellschaft ihre Ordnung. Die Familie ist das Fundament des Staates, hat Opa Panagis zu seinem Sohn Jannos damals gesagt, und so gibt er es an seine Kinder weiter. Er hatte nie Geheimnisse vor seiner Frau gehabt und jetzt plagt ihn ein schlechtes Gewissen. Die Beobachtungen, die er in letzter Zeit gemacht hat, beunruhigen ihn zutiefst und er behält sie für sich. Das tut er aus Liebe zu seiner Fofo. Vorsichtig ist er geworden und ein wenig misstrauisch. Oft spürt er, wie neidische Blicke sich auf ihn richten, wie die Leute hinter seinem Rücken tuscheln. Ja, er war kein armer Mann und konnte für seine Familie sorgen. Auch seinen Feldarbeitern und Hirten geht es gut. Anständig und gerecht hat er sie immer behandelt. Vielen hat er geholfen, und doch spürt er immer diese stechenden Blicke, wenn er durch das Dorf geht. Bitterkeit überkommt ihn und zornig spricht er zum Herrn: „Ich habe nichts Falsches getan, auch nicht meine Fofo, ihr Herz ist für alle offen. Sie gibt mit einem Lächeln und ihre Güte ist groß. Die Kinder haben von ihr gelernt und sie sind auch gute Menschen, wieso das?"

Er weigert sich zu glauben, was um ihn herum geschieht. „Kein Mensch ist von Geburt an böse", denkt er, „Das kann einfach nicht sein. Aber welcher Teufel ist nur in ihre Seele gefahren?"

Sie sitzen beim Frühstück. Vertieft in ein Gespräch merken die beiden Schwestern nicht, wie ihr Bruder heimlich ihre Zöpfe zusammengebunden hat. Sonia steht auf, um die Tassen wegzuräumen. Sie kommt nicht weit und die beiden Mädchen fangen an zu schreien. „Panagi, lass dich nicht von uns erwischen", rufen sie, aber der ist schon längst mit Volldampf durch die Tür geflitzt. Fofo lacht, sie freut sich über die Unbeschwertheit ihrer Kinder. Fofo steht vor dem Spiegel und erinnert sich an ihren Vater. „Liebes Mädchen", hat er einmal gesagt, „Mit deiner Schönheit wirst du viele entzücken, aber verzaubern wirst du sie mit deiner Güte." „Ach Vater", denkt sie, „Wo bist du? Wenn du nur einmal deine Enkelkinder sehen könntest. Sie würden dir gefallen, es sind gute und anständige Menschen."

Die Nacht bricht allmählich an, als er an der Hütte ankommt. Panagi ist im Dorf geblieben, es ist gut so, denn dann kann er mit seinen Freunden ausgehen. Später, wenn er seine eigene Familie hat, wird auch er mehr Verantwortung haben.

Er hört Stimmen und schaut. Es sind die Hirten von der Nachbarweide, die ihn besuchen kommen. Jannos holt einen Krug Wein und sie setzen sich vor die Hütte. Normalerweise bleiben sie ein oder zwei Stunden, aber der Wind frischt auf und sie verabschieden sich früh. Es ist der Nordwind, der vom gegenüberliegenden Berg herüber weht. Über seinem Gipfel hängt der Mond wie eine goldene Schale und die Bergspitze ist von Schnee bedeckt. Er sieht aus wie ein Mann im mittleren Alter, dessen Schläfen vom ersten silbernen Haar umschmeichelt werden. Jannos blickt aus dem Fenster. Der Wind hat noch zugenommen, die Büsche bewegen sich. Ein Fuchs rennt durch die stürmische Nacht, es ist ein hinterlistiges Tier. Aber da draußen ist noch etwas anders. Jannos kann die bösen Augen förmlich fühlen, die auf seinen Stall gerichtet sind. Er kann nichts Besonderes feststellen und behält das ungute Gefühl, das er seit langem hat, für sich. Er möchte seine Frau nicht beunruhigen.

Der Wind pfeift um die einsame Hütte am Berg und die klare, frische Luft macht seine Augenlider schwer. Er fällt in einen unruhigen Schlaf.

Die Natur auf dem Berg erwacht früh. Mit den ersten Strahlen der Sonne ist alles wach. Menschen, Tiere, Pflanzen. Kleine Lämmer und Zicklein blöken und meckern. Die Vögel zwitschern und von fern hört man das Wiehern von Pferden. Seine Hirten kommen herauf und er winkt ihnen zu. Es sind nicht nur seine Arbeiter, über die Jahre sind sie zu Freunden geworden und er kennt ihre Sorgen und Nöte. Die Hunde bellen freudig und begrüßen die Männer mit wedelndem Schwanz. Sie bekommen gleich ihr Futter. Der Hirte Ntinos arbeitet schon lange für Jannos, er ist sein Vertrauter. Ein fröhlicher Mann, der gerne singt und lacht. Abends spielt er oft auf seiner Bouzouki. Jannos beobachtet ihn, wie er mit ernstem Gesicht seine Blicke über die Weiden und Ställe schweifen lässt. „Was ist los, Ntinos?", fragt Jannos, „Gibt es ein Problem?" „Ich weiß nicht, Zelinga. Viele Jahre haben wir gemeinsam verbracht. Es waren gute Jahre und auch dieses Jahr scheint wieder so zu werden, wie die anderen davor. Trotzdem werde ich das Gefühl nicht los, dass irgendetwas nicht stimmt. Es ist alles wie immer und ich kann es nicht erklären, aber ich habe dieses seltsame Gefühl!!" Jannos schaut ihm tief in die Augen und legt ihm eine Hand auf die Schulter. „Alter Freund, du siehst Gespenster", sagt Jannos, „Was soll schon geschehen? Alles wird gut." Nachdenklich macht er sich auf den Weg ins Dorf. Die beiden Pfarrer sitzen auf der halb eingefallenen Mauer. „Hallo, Zelinga", rufen sie ihm von weitem zu. „Hallo", grüßt Jannos zurück, „Was gibt es Neues?" „Gute Nachrichten, Jannos", sagt Papa-Dimos, „Sie schicken einen Lehrer aus der Stadt. Er soll die älteren Neuankömmlinge unterrichten. Rechnen können sie alle, aber die griechische Sprache war in der Türkei verboten. Sie müssen die Schrift und die Grammatik lernen. Lesen und schreiben können ist wichtig. Das bisschen, was sie wissen, wurde von Generation zu Generation weitergegeben und da ging viel verloren. Auch war es sehr gefährlich. Die Türken haben nicht lange gefackelt. Die Kinder lernen schnell. Für die Erwachsenen werden wir eine Abend-schule einrichten, was meinst du, Jannos?"

„Das ist eine gute Nachricht. Es ist gut, wenn es voran geht", sagt Jannos. Panagi bringt zwei Freunde mit nach Hause. „Hal-lo, Vater." „Guten Tag, Herr Jannos", sagen die zwei. „Vater, sie suchen Arbeit und der Weinberg muss doch gerichtet werden", sagt Panagi und schaut seinen Vater fragend an. Jannos mus-tert die zwei und nickt. „Willkommen auf unserem Hof", sagt er und wendet sich seinem Sohn zu. „Panagi, du kümmerst dich um sie. Ihr könnt morgen früh beginnen", sagt er zu den zwei Freunden. Man kann sehen, wie sich ihre Gesichter aufhellen, war doch der Zelinga ein großer, angesehener Mann. Jannos hat nicht viel gefragt, er weiß, wenn sein Sohn Leute zum Ar-beiten bringt, sind sie in Ordnung. Arbeitsam, nett und sau-ber. Auf dem Dorfplatz treffen sich abends die jungen Leute. Es wird gelacht und gesungen, diskutiert und manchmal auch gestritten. Eine junge, aufgeschlossene Generation, die mit an-packt und gut miteinander auskommt. Auch, wenn es manch-mal Differenzen gibt, findet sich eine Lösung. Diese Leute sind die Zukunft des Dorfes, die nächsten Oberhäupter der Häuser und die Hoffnung für das ganze Land.

Fofo schaut aus dem Fenster und sieht ihren Mann auf den Stufen des Hauses sitzen. Gedankenverloren schweifen seine Blicke über die Umgebung. Über das kleine Wäldchen, über die Wiesen an den Hängen bis hin zum gegenüberliegenden, mäch-tigen Berg. Fofo legt ihre Schürze ab und setzt sich neben ihn. Ohne ein Wort zu sagen legt sie ihre Arme um ihren geliebten Mann und schmiegt sich an ihn. Auch Jannos legt einen Arm um ihre Schultern und küsst sie auf die Stirn. Sie wissen beide, diese Zuneigung und Liebe bedarf keiner Worte. So sitzen sie eine ganze Weile auf den Stufen ihres Hauses und erst, als es auffrischt, sagt Jannos: „Mein liebes Mädchen, meine Herrin, meine Fofo, es wird kühl. Lass uns hineingehen, es ist Zeit." Sie stehen auf und Hand in Hand, wie oft, gehen sie durch die Tür. Fofo zündet die Kerzen vor den Ikonen an. Sie versinkt in ein kurzes Gebet, bekreuzigt sich und bereitet dann das Abendbrot.

Panagi ist erkältet und lag zwei Tage im Bett. Nun scheint es ihm wieder besser zu gehen. Er macht wieder Witze und neckt seine Schwestern mit lustigen Späßen. Er ist ein guter Junge. Aber auch er hat den Eindruck, dass den Vater etwas beschäftigt. Verstohlen wirft er einen Blick über den Tisch und mustert heimlich seinen Vater. „Er ist ernster geworden", denkt er, „Vielleicht ist er aber auch nur müde, oder er ist schwer krank und sagt nichts ..." Schnell verscheucht er diese Gedanken wieder. „Ich gehe näher an den Berg. Zwei unserer Leute gehen zu ihren Familien über Nacht. Möchtest du mitkommen? Fühlst du dich gesund genug?" Jannos schaut seinen Sohn an. Panagi kaut noch auf einem Stück Fleisch und schlingt es schnell hinunter. Er ist gerne mit seinem Vater zusammen. „Ich bin schon wieder stark wie ein Stier, natürlich komme ich mit", antwortet er und steckt seine Gabel schon wieder in das nächste Stück Fleisch.

Fofo hat ihre Sachen schon gerichtet und so machen sich Vater und Sohn auf den Weg. Oben angekommen schauen sie nach den Tieren, um sie zu melken. Es ist schon dunkel, als sie die Hütte wieder betreten. Jannos macht Feuer im Kamin, die Nächte sind schon recht kühl. Sie trinken noch einen Schluck Wein und es dauert nicht lange, bis sie in der wohligen Wärme eingeschlafen sind.

Es ist kurz nach Mitternacht, als Panagi aufwacht. Er meint, irgendetwas gehört zu haben. Angestrengt horcht er in die Nacht, aber er hört nur seinen Vater leise atmen. Er zieht seine Decke enger an sich und schläft wieder ein.

Der nächste Morgen begrüßt sie mit strahlendem Sonnenschein. Das Gemeckere und Blöken der Schafe und Ziegen haucht dem neuen Tag wieder das Leben ein. Die Hirten hatten letzte Woche die größeren Lämmer von den kleinen getrennt. Jannos hat letztes Jahr extra den Stall vergrößert. Bald ist wieder der große Viehmarkt in der Stadt und die Großhändler werden kommen. Ein interessantes Spektakel. Die Bauern und Händler werden miteinander um jeden Preis und um jede Drachme feilschen. Manche werden fluchen und manche werden lachen. Besiegelt wird der Handel dann mit einem Handschlag, wie es seit Jahrhunderten der Brauch ist. Alle werden ein gutes Geschäft machen, auch die, die lautstark geflucht und gejammert haben über einen zu niedrigen Preis. Aber so ist es nun einmal auf den Viehmarkt.

Jannos ist in der Stadt, um Einkäufe zu erledigen. Sein Sohn ist schon seit Tagen auf dem Berg und geht den Hirten zur Hand und er wird auch noch ein paar Tage gebraucht werden. Schließlich ist er auch der junge Chef, der Sohn vom Zelinga. Mit großer Sorgfalt belädt Jannos seinen Lastesel. Er verteilt das Gewicht gleichmäßig, denn das Tier soll sich nicht unnötig anstrengen. Während er die Last zerteilt, sieht er Papa-Dimos aus der Kirche kommen und winkt ihm zu. Der Pfarrer winkt zurück und scheint etwas zu sagen, doch Jannos kann ihn nicht verstehen. Er winkt nochmal, greift sich die Zügel und macht sich auf den Weg. Auf dem Hof legt er eine kleine Rast ein, Fofo hat Kaffee gemacht und auch das Maultier kann ein bisschen verschnaufen. „Wie lange werdet ihr für die Arbeit brauchen?", fragt Fofo. Jannos kaut auf einer Teigtasche und überlegt. „Ich denke, zwei Tage, vielleicht auch drei. Du weißt ja, wo du uns findest." Er nimmt einen letzten Schluck Kaffee, steht auf und küsst seine Frau auf die Stirn. Dann bindet er das Lasttier los und sie nehmen den schmalen Weg in Richtung Berg. Fofo steht auf der Veranda. Sie sieht ihnen lange nach, bevor sie wieder ins Haus geht.

Panagi betrachtet die schwindenden Vorräte. Es war ungewöhnlich, dass Vater noch keinen Nachschub gebracht hat. Er weiß, sein Vater ist ein viel beschäftigter und gefragter Mann. „Wahrscheinlich muss er sich noch um irgendetwas Wichtiges kümmern", denkt er sich und wirft noch ein paar Scheite Olivenholz ins Feuer. Am nächsten Morgen reicht der Kaffee gerade noch für eine Kanne. Er schenkt sich eine Tasse von dem dampfenden Gebräu ein, gibt reichlich Zucker dazu und tritt vor die Hütte. Vom Vater ist immer noch nichts zu sehen und so beschließt er, hinunter auf den Hof zu gehen. „Ich gehe nach unten", sagt er zu seinen Leuten, „Irgendetwas stimmt hier nicht.

Es ist ungewöhnlich, dass sich Vater so verspätet." Die Hirten nicken, auch in ihren Gesichtern sieht man die Sorge.

Panagi erreicht den Hof und sieht seine Mutter im Garten arbeiten. „Hallo Mutter", ruft Panagi. Überrascht dreht sie sich um. „Hallo Panagi, was machst du hier um diese Zeit?", sagt Fofo und umarmt ihren Sohn. „Wo ist der Vater, unsere Vorräte sind aufgebracht und den Hirten knurren schon die Mägen." Fofo traut ihren Ohren nicht … „Sag das bitte nochmal!" „Ja, wir warten auf Vater", antwortet Panagi. Fofos Gesicht wird aschfahl und auch Panagi begreift, hier ist etwas nicht in Ordnung.

„Er muss bei euch sein, er hat sich schon vor zwei Tagen auf den Weg gemacht und das Tier war voll beladen.", sagt Fofo.

„Mutter, er ist nicht bei uns", sagt Panagi mit leiser Stimme. Ratlos schauen sie sich in die Augen. „Lass uns zu Papa-Dimos gehen, vielleicht weiß er was", sagt Panagi.

Doch auch Papa-Dimos weiß keinen Rat.

„Ich habe ihn noch gesehen, wie er sein Tier beladen und sich auf den Weg gemacht hat. Was kann passiert sein?"

„Vielleicht hat das Tier gescheut und sie sind in eine Schlucht gestürzt. Der Weg ist nicht ungefährlich. Möglicherweise kommen sie einfach nicht alleine heraus, oder er hat sich vielleicht ein Bein gebrochen", sagt Panagi stotternd.

„Ich werde Nikoli etwas Geld geben. Er soll das Nötigste einkaufen und es auf den Berg bringen", sagt Fofo. „Das kann er morgen erledigen, einen Tag halten es die da oben schon noch durch. Er muss eben früh aufbrechen", sagt Panagi. „Ich denke es ist am Besten, wenn wir den Weg einmal abgehen. Vielleicht klärt sich ja alles auf." Die Mädchen warten schon und im Haus herrscht merkwürdige Stille. „Mutter, was ist los? Warum kommst du so spät?", fragen die Töchter alle drei mit einer Stimme. Sie sieht ihre Töchter der Reihe nach an und sie weiß, sie kann es ihnen nicht verheimlichen. „Wir wissen nicht, was passiert ist, aber euer Vater ist verschwunden. Er fehlt schon über zwei Tage."

Verständnislos starren die Töchter ihre Mutter an, bis es aus ihnen herausbricht. „Wieso ist Vater verschwunden, er kann doch nicht einfach weg sein." Die kleine Ntina fängt an zu weinen. Fofo nimmt sie in den Arm. „Morgen früh kommt Papa-Dimos. Dann werden wir weitersehen. Geht jetzt ins Bett und versucht zu schlafen", weist Fofo ihre Töchter an, sie ist am Ende ihrer Kräfte und sie ahnt nichts Gutes. Gedankenverloren bleibt sie noch eine Weile am Tisch sitzen, bevor sie noch einmal nach den Mädchen schaut. Leise öffnet sie die Tür. Alle haben ihre Augen geschlossen, aber sie ahnt, dass sie wohl nicht schlafen. Sie zündet zwei Kerzen an. Eine stellt sie ins Fenster. Lange Zeit starrt sie hinaus in die Nacht, in der Hoffnung, der Herr werde ihr ein Zeichen geben.

Ein Klopfen an der Tür beendet ihren unruhigen Schlaf. Mit dem ersten Morgengrauen sind die beiden Pfarrer mit ein paar Leuten gekommen, so wie Papa-Dimos es versprochen hat. Fofo schürt rasch den großen Ofen und setzt Wasser auf. Es ist frisch morgens in einem Bergdorf. Während sie noch einen Scheit Holz ins Feuer wirft, denkt sie: „Oh Mutter Gottes, was wird dieser Tag bringen?"

Die Männer kommen schnell überein, dass es das Beste wäre, jemanden in die Stadt zu schicken. Die Polizei muss über dieses mysteriöse Verschwinden informiert werden. „Panagi soll gehen und er soll Thano mitnehmen", sagt Papa-Dimos grimmig, „Die anderen werden noch mal den Weg absuchen."

Der Weg in die Stadt ist weit und mit großer Eile lassen sie den Hof hinter sich. Die Blumen am Wegesrand haben heute keine Bedeutung, sie hören auch nicht das Summen der Bienen und sehen auch nicht die bunten Schmetterlinge. Es zählt nur noch der Weg. Völlig außer Atem betreten sie die Polizeiwache. „Panagi, Thano, was macht ihr denn hier um diese Uhrzeit? Ist es nicht ein bisschen früh für einen Ausflug in die Stadt?", sagt der wachhabende Beamte. Aber als er hört, was geschehen ist, verfliegt sein Humor im Nu. „Wartet einen Moment, ich muss den Chef holen. Der wird wissen, was zu tun ist." Auch der Polizeichef kann nicht glauben, was er hört. „Dein Vater ist ein geachteter Mann, sein Wort hat Gewicht. Selbst der Bürgermeister fragt ihn bei schweren Entscheidungen ab und zu um Rat. Er steht immer zu seinem Wort und ist ein gerechter Mensch. Ich möchte nicht wissen, wem er schon alles geholfen hat. Er hat viel Gutes getan. Ich verstehe nicht, was da passiert sein soll. Wir werden sofort einen Suchtruppe zusammenstellen und ein paar Beamte, die die Leute befragen. Wir kommen, so schnell wir können."

Es ist noch nicht einmal Mittag, als die kleine Truppe auf einem der wenigen Lastwagen, die es in der Stadt gibt, eintrifft. Sie springen herunter und der Oberkommissar gibt sofort seine Anweisungen. Mit große Akribik gehen die Männer ans Werk. Systematisch durchsuchen sie die Gegend und den Weg hoch zur Hütte. „Was war das für ein Geräusch?" Panagi hält für einen Moment inne und horcht. „Es hört sich an wie der alte Arko", denkt er, „Der Hund meines Vaters." „Seid mal still!", ruft er und alle bleiben stehen. Langsam kommt der Hund unter den Bäumen hervor und geht auf Panagi zu. Sein Kopf ist geduckt, seine Ohren und der Schwanz hängen herab. Vor Panagi bleibt er stehen, und sie schauen sich in die Augen. Panagi weiß sofort, es muss etwas Schreckliches passiert sein. Ohne einen Laut dreht sich der Hund um und geht in Richtung der kleinen Schlucht. Sie erreichen die Stelle, an der Jannos immer das Salz für die Tiere auslegt. Der alte Hund dreht den Kopf und sucht Panagis Blick. Für eine Augenblick versinken sie tief in einander.

Arko hat ihn schon beschützt, als er noch ein Baby war. In kalten Winternächten, als das Haus noch nicht so gut gebaut war, hat er sich oft zu ihm gelegt. Mit seinem weichen Fell gab er ihm Wärme und seine raue Zunge schleckte über sein Gesicht. „Bleib zurück", sagt der Oberkommissar, doch Panagi hat sich schon vorbei gedrängt. Schnell springt er ihm nach und erwischt ihn gerade noch rechtzeitig, denn was er jetzt sieht, lässt seinen Herzschlag stocken. Er drängt Panagi zurück und drückt seinen Kopf an seine Brust, während er mit der anderen Hand einen Beamten herbeiwinkt.

„Schau nach ihm und geht ein Stück zurück. Das hier ist nichts für den Jungen."

Der Anblick ist grauenvoll. Ein Körper stark mit Blut befleckt und schon aufgedunsen. Die Arme mit einem dünnen Kabel auf den Rücken gefesselt. Ein zweites Kabel schneidet tief in den Hals und die Zunge hängt heraus. Sie ist der Länge nach aufgeschlitzt. Der Hund setzt sich mit traurigem Blick neben die Leiche seines Herrn. Ihr ganzes Leben haben sie miteinander verbracht, nun ist eines zu Ende. „Es ist mein Vater", sagt Panagi mit zitteriger Stimme zu dem Polizisten. „Ich möchte ihn sehen, auch wenn es noch so schlimm ist. Ich bin sein Sohn!" Der Beamte schaut ihn an, nickt, und er weiß, es wird der schwierigste Weg seines Lebens sein. Wie ein Mann steht Panagi auf und geht aufrecht zurück in die Schlucht. Er erblickt den geschundenen Körper seines Vaters. Einen kleinen Moment bleibt sein Gesicht ausdruckslos, bis ihn der Schmerz überwältigt. Ein markerschütternder Schrei hallt durch die Schlucht und verebbt in einem leiser werdenden Schluchzen. Alle Blicke sind auf ihn gerichtet, als er plötzlich den Kopf hebt und mit ruhiger Stimme sagt. „Wer hat das getan? Tiere töten aus Hunger oder um ihre Kinder zu versorgen, aber das hier ist gegen jede Natur." Er sieht den Oberkommissar an und sagt: „Wie soll ich es Mutter sagen, was soll ich ihr sagen, was?" Darauf hat der Polizist auch keine Antwort. Sie heben die Leiche auf eine hölzerne Leiter, einen Träger zum Transport, und bedecken sie mit einem Tuch. Es ist kein schöner Anblick. Die warmen Tage haben ihren Teil dazu beigetragen, der Körper ist schon angeschwollen. Der Bote, den sie voraus geschickt haben, hat keine leichte Aufgabe. Er muss die schreckliche Nachricht vom Tod eines Mannes, der überall geachtet war, der vielen geholfen hatte und ein gerechter Mensch war, überbringen.

„Wir haben ihn gefunden", sagt der Bote zu Fofo. Er richtet seinen Blick zu Boden. „Er ist tot."

Fofo sieht ihn an und einen Moment glaubt er, sie hätte ihn nicht verstanden. Doch dann schlägt sie ihre Hände vors Gesicht und sinkt zu Boden. Papa-Dimos und Papa-Thaki beobachten das Geschehen von der Veranda aus. Sie nehmen die Kinder an der Hand und gehen mit ihnen ins Haus. Fragende, ängstliche Blicke sind auf sie gerichtet und sie wissen, das, was sie gesehen haben, spricht eine eigene Sprache.

Der Oberkommissar ist mittlerweile eingetroffen. Er geht direkt auf Fofo zu. „Es tut mir sehr leid, Fofo. Ich glaube, wir alle haben einen großen Verlust erlitten. Ich hätte nie gedacht, dass so etwas hier bei uns geschehen kann. Wir müssen ihn mit in die Stadt nehmen, der Amtsarzt muss ihn ansehen."

Fofo nickt geistesabwesend, dann geht ein Ruck durch ihren Körper und sie fragt mit rauer Stimme. „Was ist passiert, bitte sagen Sie mir, was passiert ist."

„Viel wissen wir noch nicht. Den Spuren nach vermuten wir, dass er von drei Männern überfallen wurde. Allerdings nicht da, wo man ihn gefunden hat. Wahrscheinlich hat man ihn in die Schlucht geschleppt, um ihn zu verstecken. Wir werden alles tun, um dieses abscheuliche Verbrechen aufzuklären. Das verspreche ich dir."

Es ist ein großes, ehrenvolles Begräbnis. So wie es einem großen und ehrenvollen Mann gebührt. Die Kirche ist voll besetzt und die Menschen stehen neben den Bänken und im Gang. Selbst auf dem Kirchhof drängen sich die Leute bis auf die Straße. Papa-Dimos und Papa-Thaki halten gemeinsam den Gottesdienst. Immer wieder gleiten ihre Blicke über die Menschen, in der Hoffnung, der Herr möge ihnen ein Zeichen schicken und die Täter bestrafen. Auch der Polizeichef hat sich mit seinen Leuten in der Menschenmenge verteilt. Aufmerksam und doch unauffällig beobachten sie die Prozession, jeder könnte einer der Täter sein. Er hatte es Fofo versprochen, sie würden alles tun, um die Schuldigen zu finden.

Tage sind vergangen. Es ist, als wenn das Lachen und unbeschwerte Treiben, das immer auf dem Hof herrschte, mit dem Hausherrn beerdigt worden ist. Durch ihren psychischen Schmerz zweifelt sie an Gottes Gerechtigkeit, so verbittert ist die bis jetzt immer gottesfürchtige Fofo.

Fofos Kusine ist gekommen, um ihr in diesen schweren Tagen beizustehen. Sie nimmt ihr viel Arbeit ab und versucht, sie ein bisschen abzulenken. Auch Panagi versucht tapfer, mit diesem Schiksalsschlag fertig zu werden. Er kümmert sich um den Hof, um die Tiere und natürlich um die Hirten und Arbeiter. Er ist schließlich jetzt der Mann im Hause und er versucht, seiner Rolle gerecht zu werden. Was bleibt ihm auch anderes übrig, er muss nun die Verantwortung übernehmen und er ist froh, von seinem Vater viel gelernt zu haben. Fofo sitzt auf den Verandastufen. Ihr leerer Blick endet irgendwo im Nichts. Sie hat immer geglaubt, dass das Gute das Böse überragt. Aber dieses Mal hat sie geirrt, schade ...

„Jannos, mein Liebster, wo bist du, wer hat dir das angetan? Du fehlst mir, du fehlst uns."

Die Gedanken schreien in ihrem Kopf. Sonia tritt aus dem Haus und setzt sich neben sie. Sie nimmt die zittrige Hand ihrer Mutter und streichelt sie zärtlich. „Ah Mutter", mehr sagt sie nicht und legt ihren Kopf auf Fofos Schulter. Leise Tränen rinnen über ihre Gesichter. Ihrer beider Augen sind gerötet vom vielen Weinen. Sonia hebt den Kopf und bemerkt erste graue Haare auf dem Haupt ihrer Mutter.

„Auch ihr Gesichtsausdruck ist dunkler geworden, irgendwie hart und wild", denkt und spricht sie zu sich selber. Der gütige Blick in ihren Augen ist verschwunden. In ihrem einst weichen Gesicht zeichnen sich nun harte Linien ab. Dieser unerträgliche Schmerz hinterlässt seine Spuren und mit dem Schmerz kommt der Hass. „Bitte hol mir mein Kopftuch", sagt sie zu Sonia. „Ich möchte ein bisschen zu Vater."

Sonia bringt das schwarze Tuch und Fofo bedeckt damit ihr Haupt. Mit gesenktem Kopf geht sie langsam zum Friedhof. Sie bleibt lange. Stumm steht sie vor dem Grab ihres geliebten Mannes, allein mit ihrem Schmerz und dem Gefühl, Gott habe sie verlassen.

Als sie zurückkehrt, wartet schon ihre Kusine auf sie. „Wir haben Besuch, die Pfarrer sind gekommen", sagte sie zu Fofo. Fofo geht ins Haus und begrüßt die beiden. Sie setzt sich neben sie und eine Weile herrscht Schweigen. Die sonst so redegewandten Kirchenmänner finden keine Worte des Trostes. „Papa-Dimos ...", sagt Fofo und hebt den Kopf, „Ich verspüre großen

Hass. Ich hasse alles und jeden. Ist dies Sünde? Sie haben mir meinen geliebten Mann genommen, den Vater meiner Kinder. Mein Jannos hat niemandem etwas Böses getan, keinem hat er je Kummer bereitet. Ist das gerecht? Wie kann das der Herr zulassen, wie?" Sie verbirgt das Gesicht in ihren Händen und ein schluchzendes „Warum, warum?", entrinnt ihrer Kehle.

Papa-Dimos legt eine Hand auf ihre Schulter, aber Fofo weist ihn zurück. Wortlos steht sie auf und verlässt das Haus. Papa-Dimos folgt ihr. „Fofo, ich versuche, deinen Schmerz zu verstehen, wir alle haben einen großen Verlust erlitten, aber du musst jetzt stark sein. Panagis schlägt sich tapfer, aber sie brauchen dich, deine Kinder brauchen dich, Fofo, wir brauchen dich." Fofo nickt und geht zurück ins Haus. Sie stellt eine kleine Öllampe vor die Ikonen, faltet die Hände und versinkt in Gedanken.

„Papa-Dimos hat recht. Meine Kinder brauchen mich: Jannos hätte nicht gewollt, dass ich den Kopf hängen lasse. Ja, oh Herr, wir haben vieles zusammen gemeistert und ich werde den feigen Mördern diesen Gefallen nicht tun", denkt sie und ihre Miene wirkt entschlossen.

Diese Barbaren! Die Polizei ermittelt in alle Richtungen. Beamte werden in die Nachbardörfer geschickt, um die Leute zu befragen, ob jemand was Verdächtiges gesehen oder etwas Sonderbares an den Gewohnheiten und der Art von Jannos in der letzten Zeit. Fofo und Panagi haben gesagt, sie hatten den Eindruck, dass er krank war, irgendwie war er unruhig, aber an sowas konnten sie niemals denken. Eines nachmittags kommt Papa-Dimos mit seiner Frau und Kyriakof zu Fofo. „Ich glaube, es ist besser, wenn wir alle miteinander in die Stadt gehen, Kyriakof hat was bei der Polizei zu sagen, vielleicht wird das die ganze Sache erläutern, irgendwie!"

Panagis ist im Stall mit seinen Leuten, er muss jetzt auf das Ganze aufpassen, er ist jetzt der Mann im Haus. Und so ist Sonia mit Mama zur Polizei, mit Kyriakof und Papa-Dimos und dessen Frau.

Seit Tagen sucht die Polizei irgendeine Erklärung, eine Spur, wo sie nur kann, das Motiv für so ein unmenschliches Verbrechen. Papa-Dimos sagt zum Kommissar: „Kyriakof hat was zu sagen, etwas, das mit diesem Verbrechen vielleicht was zu tun hat."

„Vor ein paar Wochen", sagte Kyriakof, „kamen Jannos und ich vom Berg in Richtung Dorf, so wie immer im Gespräch über alles und jeden, da sind hinten an den großen Büschen, an dem Bach, der jetzt trocken ist und weiße kleine Kieselsteine hat, sind Schatten, dunkle Gestalten, weggerannt und haben sich versteckt. Es war Sonnenuntergang, sie waren nicht mehr zu sehen. Ich fragte, was das war, Jannos tat so, als hätte er es nicht gesehen. ‚Es ist vielleicht ein Fuchs, der sich erschreckt hat', sagte und er hat versucht zu lachen. Jetzt, wenn ich zurückdenke, weiß ich, es war eine Bitterkeit in seinem Gesicht. Wir sind im Dorf angekommen und haben uns verabschiedet.

Einige Tage danach, als ich allein Richtung Berg ging, sind auf einmal drei große, maskierte Gestalten dagestanden, die haben mir ein schmutziges Taschentuch in den Mund gestopft, mich geschlagen und immer wieder gefragt, wo Jannos sein Gold versteckt hat. Wie soll ich das wissen, nur, weil wir Freunde sind? ‚Wenn du hiervon irgendwas sagst, dann werden wir deine Tochter umbringen!', drohten sie mir. Ich habe sie nicht erkannt, sie hatten auch schwarze Handschuhe, mit etwas Hartem haben sie mich auf den Kopf geschlagen, ich bin bewusstlos dagelegen. Als ich zu mir gekommen bin, war es schon dunkel. Ich habe nichts gesagt, ich habe Familie, das sind Verbrecher, die haben so was Unmenschliches getan, die sind imstande, noch mehr Böses zu tun!

Nach ein paar Tagen, wieder ein Nachmittag, in der Richtung, wo jetzt der arme Jannos gefunden worden ist, habe ich Jannos' Stimme und anderes Geschrei gehört, Jannos weinte und stöhnte und dann wieder Geschrei: ‚Du elender Walache, ich schneide dir die Kehle durch, wo ist dein Gold versteckt?' Ich bin vor Angst meinen Weg weitergegangen, wie soll ich wissen, wie weit das Böse in einem Mensch gehen kann!?

Jetzt weiß ich, das waren Jannos' letzte Momente, wie viel Hass und Böses haben solche Leute in sich, dass sie ein so grausames Verbrechen tun, aber wissen Sie, Herr Kommissar, ich bin erleichtert, dass ich Ihnen alles gesagt habe, aber warum bin ich nicht da hin gegangen, ich kann mir so etwas immer noch nicht vorstellen!"

Kyriakof hat am ganzen Körper gezittert, Papa-Dimos hat ein Kreuzzeichen gemacht, ohne ein Wort zu sagen, der Kommissar wischt sich Schweiß von seiner Stirn, die arme Fofo konnte nicht glauben, was sie hörte, sie spricht alleine vor sich hin. „Mein guter Mann, durch was für schlimme, letzte Stunden, Momente du gegangen bist!"

Der Kommissar hat alles aufgeschrieben, was Kyriakof gesagt hat. Danach sind sie wieder in Richtung Dorf aufgebrochen, die Witwe Fofo hält auf dem ganzen Weg fest die Hand von Sonia, sie konnte nicht verstehen, nicht glauben, wie ist es möglich, dass Menschen mit so einer Gleichgültigkeit und so einer Kaltblütigkeit den Tod eines Menschen vorausplanen! Es ist Abend geworden, als sie im Dorf angekommen sind. Fofo ist erst ans Grab von Jannos gegangen und danach ist sie nach Hause, ihre Kusine hat sie umarmt, ohne ein Wort zu sagen. Es ist Ruhe im Haus, alle gehen zu Bett. Im Schlaf sieht sie ihren Jannos von weitem und er grüßt sie, mit diesem Traum ist sie aufgewacht. Sie ist hochgesprungen im Bett und da hat sie verstanden, dass es nur ein Traum war.

„Ist auch gut, dass ich dich im Traum sehen kann, wie ich dich vermisse kannst du dir nicht vorstellen, du bist weg und mit dir auch mein Lachen und jede Freude. Sag mir, was soll ich tun? Ich weiß, du willst nicht, dass ich traurig bin, sag mir, was! Unsere Kinder sind es, die mir Kraft geben, ich muss für sie da sein, ich brauche viel Courage, wo, wie und was soll ich tun?"

Die Polizei sucht im Geheimen, um den Mord am Zelinga zu erläutern, und wo sie auch fragen, erschrecken die Menschen. Alle haben Angst, an sowas Barbarisches kann sich niemand gewöhnen. Dieses Dorf war ein friedliches mit guten Leuten, Jannos war für alle ein guter Freund, ein großherziger Mensch, nun, jetzt, nach diesem Mord, ist ein Verdacht an allen, ein Misstrauen, eine Entfernung, niemand traut noch jemandem. Es sind die Freude und das Lachen von den Gesichtern der Jungen verschwunden, so was Grausames ist in diesem idyllischen Dorf. Sonia schaut jedes Mal, wenn sie mit Mutter geht, misstrauisch zu den Menschen und fragt sich: „Ist das der Mörder meines Vaters? Wer hat sich das Recht genommen und hat die Seele meines lieben Vaters geraubt? Wer ist er, der schuldig ist, dass die Freude und das Lachen aus unserem Haus verschwunden sind?! Die Tür unseres Hauses war immer offen für alle, jetzt vertraue ich niemandem." In ihren Augen sind alle Mörder und Barbaren.

Sonia geht mit ihrer Schwester und dem Wasserkrug in der Hand zum Wasserholen zum Dorfbrunnen. Bei dem großen Steinbecken sind sie oft gestanden, zusammen mit anderen jungen Leuten vom Dorf, haben Spaß gehabt und gelacht.

Die Anwesenden haben ihr Gespräch gleich gestoppt, Thanasis, der Sohn von Witwe Maria, ein Junge von den Neuankömmlingen, ist zu den beiden Schwestern hin und gibt ihr seine Hand, danach kommen auch die anderen alle.

„Weißt du, Sonia, wir hier alle sind eure Freunde, wenn ihr irgendwas braucht oder mit jemandem sprechen wollt, wir sind hier. Jedenfalls werden die gefunden, die Verbrecher, solche Wüstlinge müssen bestraft werden."

Es hat den Mädchen gut getan, dass sie mit den jungen Leuten gesprochen haben, für eine kurze Zeit haben sie ihren Schmerz vergessen. Als sie nach Hause gekommen sind, haben sie es der Mama gesagt. „Es ist richtig, ihr sollt euch nicht isolieren, das hätte auch der Vater nicht gewollt!"

Es sind einige Wochen vergangen. An einem Spätnachmittag, die Sonne geht unter, macht sich Panagis auf den Weg zu seiner Herde. Diebe sind in der Nacht in den Stall eingedrungen und haben viele Schafe gestohlen, so hat es der Schäfer ganz ängstlich erzählt.

Was soll er tun, er hat zusammengesammelt, was zu finden war, ist in die Stadt und einen großen Teil hat er verkauft, das Geld hat er zu Mama gebracht. „Das werden wir gut brauchen können zum leben", so denkt Panagis. Die böse Sache, die über sie gekommen ist, hat ihn erschüttert, umso mehr die Zeit vergeht, desto mehr wird ihm bewust und begreiflich, wie schwer seine Lage ist. Zum Glück hat er vieles von seinem Vater gelernt, er hat ihm vieles beigebracht, es ist alles jetzt eine große Hilfe in dieser schweren Zeit!

Der Herbst ist angekommen, die erste Kälte, der erste Regen. Eines Abends, als Panagis allein auf der Bergalm war, hat er was Komisches gehört draußen vor seine Hüte, so wie damals mit seinem Vater. Er hat angefangen, unruhig zu werden, der Hund hat seine Ohren gespitzt.

Die Nacht ist endlich vorüber, die ersten Sonnenstrahlen, ein bisschen schwach ist die herbstliche Sonne, der Hund hat sich gestreckt, Panagis hat die Tiere gemolken und danach hat er sich was Warmes zu essen zubereitet.

Die ganze Nacht über hat er an seinen Vater gedacht.

„Wo bist du, mein Liebster, mein Kamerad? Du warst mein Freund, über alles konnte ich mit dir reden, wie oft werde ich deinen Rat brauchen!

Deine Meinung, dein Lachen, oft kommt es mir vor, als ob ich deine Stimme höre! Die Mutter, unglücklich, kann und will sich nicht trösten lassen.

Sie sitzt stundenlang, weit verlorengegangen in ganz anderen Zeiten, da ist sie mit ihren Gedanken. Mein Gott, was soll ich tun?

Was ich auch sage, sie hört nicht. Eure Liebe war etwas Heiliges, etwas Wunderbares, jetzt kann ich erst eure Blicke und das leichte Lächeln verstehen!"

Und der stumme Schrei des zerbrochenen Herzens ist ganz nah!!!

Der Tag geht wieder zu Ende, die Sonne geht unter und es ist alles irgendwie unheimlich. Panagis sitzt allein in der Berghütte, hört komische Stimmen und die kommen immer näher und werden stärker, irgendwie kommen sie ihm bekannt vor.

„Das sind wieder diese Betrunkenen, seit einigen Tage treiben die sich herum, immer wieder, irgendetwas suchen sie oder wollen sie sagen."

Sie sind näher gekommen und es sagt der eine, der Allerstärkste von ihnen: „Heee, du Sohn vom Zelinga, sag uns, wo dein Vater sein Gold versteckt hat!" Sie sind in die Berghütte eingedrungen, zum Glück ist Panagis aus dem Fenster geflüchtet und gerannt, so schnell er konnte.

„Wir werden dich umbringen, so wie deinen Vater", schreien sie ihm hinterher. Panagis rennt, so weit er kann, überspringt Büsche und Steine wie ein Kätzchen in der Dunkelheit. Es scheint jetzt der Mond. Übermüdet wie ein wildes Tier, das von Jägern gejagt wird, versteckt er sich einen ganzen Tag in einer Berghöhle. Am folgenden Tag traut er sich und kommt raus aus seinem Versteck, um zu sehen, wo er sich befindet und was er tun soll. Er hat Hunger und denkt: „Wo bin ich eigentlich?" Auf der einzigen Straße eines verlassenes Ortes läuft der Sohn des Zelinga!

Eine Oma, die vor ihrem Haus auf der alten Holzbank sitzt, hat ihn angeschaut und sie hat verstanden, dass dieser fremde Junge Hunger hat. Sie hat ihn an seiner schmutzigen Hand gehalten und bringt ihn in ihr armes Haus, hat ihm etwas zu essen gegeben von den wenigen Dingen, die sie selbst hatte. Es existieren überall gute Menschen so wie auch schlechte! Wenn es den Willen gibt, verständigen und begreifen die Menschen sich gegenseitig auch ohne Worte. Panagis ist für einige Tage da geblieben, hat die Bekanntschaft des Neffen dieser guten Oma gemacht, aber er muss irgendwie wieder zurück in sein Dorf. Mama und seine Schwestern werden sich Sorgen um ihn machen.

Es sind einige Tage vergangen, seit er weggerannt ist, aber wie soll er wieder zurück, dort sind diese Verbrecher und die wollen ihn umbringen, es war deutlich genug, was soll er tun? Als wäre es nicht schlimm genug, hat jetzt auch der Krieg begonnen. Im Radio sagen die Nachrichten, in Europa ist der Zweite Weltkrieg: Was nun? Er sitzt und schreibt einen Brief an seine Mutter, die in großer Sorgen um ihn war …

„Meine liebste Mama und Schwestern, ich möchte nicht, dass ihr euch um mich sorgt, ich bin am Leben, weit von euch weg, aber es geht mir gut, ich musste weg, weil an jenem Abend dieselben Verbrecher, die Vater umgebracht haben, mich auch umbringen wollten, wenn ich nicht sage, wo die Goldmünzen verborgen sind. Mit großer Schwierigkeit bin ich denen entkommen. Ich habe euch lieb, ich küsse euch alle, macht euch um mich keine Sorgen. Euer Panagis."

Fofo hat sich etwas beruhigt, nachdem sie den Brief ihres Sohnes gelesen hat. „Mein Sohn ist am Leben, das ist wichtig, auch wenn er weit von mir ist." Mit solchen Gedanken tröstet sich Fofo und spicht vor sich hin.

Jedes Mal, wenn Fofos Tochter Sonia zum Brunnen geht, um Wasser zu holen, ist der Sohn von der Witwe Maria immer dort. Er schaut sie im Geheimen an und lacht.

„Guter und schön aussehender Mann", sagt Fofo zu ihrer Tochter, „Was willst du noch?" Dasselbe hat auch heute Papa-Dimos mit seiner Frau gesagt, sie sind zum Kaffee hier gewesen. Die ganze Beratung war einig, Fofo ist zufrieden.

„Die Mädchen sind schöne Fräulein geworden, es ist Zeit zum Heiraten. Ohne Vater und Bruder ist die ganze Verantwortung auf meinen Schultern, ich muss den Kopf heben und vorwärts schauen, für die Zukunft meiner Kinder. Mein Jannos würde nicht wollen, dass ich unsere Kinder vernachlässige.", sagt Fofo.

„So ist es Recht", sagt die Pfarrersfrau, „So kenne ich dich!"

Irgendwann hat es auch Frau Maria mitbekommen, das ihr Sohn Thanasis ein Auge auf Sonia hat, es hat ihr nicht gefallen.

„Mein Sohn muss eines von unseren Mädchen heiraten, eines von denen, die mit uns aus der Türkei gekommen sind, ein Mädchen aus Ponto, das mit dem Schiff aus der Heimat gekommen ist", sagt Maria. Der ältere Sohn von Maria, Stathis, ist Feuer und Flamme. „Ich bin der Älteste und es muss das getan werden, was ich sage: Wenn du diese Fremde heiratest, sollst du auch aus dem Haus gehen, in dieses Haus kommt sie nicht!", sagt er zu Thanasi.

Frau Fofo geht wieder zu Papa-Dimos. „Was soll ich tun, Pater, die Jungen lieben sich, aber sein Bruder und seine Mutter wollen nicht." Nach einem kurzen Gedanken geht Papa-Dimos mit seiner Frau zu Witwe Maria. Stathis hat in dem Moment, als er sie kommen sah, gleich gewusst, worum es geht und was sie zu sagen haben. Voll mit Zorn schreit er, schlägt alle Türen zu und geht. Papa-Dimos hat zuerst keinen Ton gesagt, nach einer

Weile fragt er die Frau Maria: „Sag mir, was hat die Tochter von Fofo Böses dir und deiner Familie angetan? Wie oft haben sie dir geholfen, damals, als ihr angekommen seid in diesem Dorf, der Zelinga und seine Familie? Nicht nur dir, sondern auch vielen anderen Neuankömmlingen? Er hat ihnen zu essen gegeben, Platz zum Schlafen und viele anderen Sachen, und jetzt zu sagen, diese feine Familie sind Fremde, die älteste Familie in diesem Dorf … Schande, Schande!!!"

Mit zornigen Augen sagt der Pater zu seiner Frau: „Komm, Weib, lass uns gehen, mit solchen Leuten kann ich nicht am selben Ort sein, es war ein Fehler, hierher zu kommen!" Hand in Hand mit seiner Frau und ohne etwas zu sagen geht der Pfarrer aus dem Haus. „Wenn ich nicht Klyrikos wäre, hätte ich geflucht", spricht er wütend. Stürmisch geht er nach Hause, auf dem ganzen Weg sagt seine Frau kein Wort, sie kennt ihren Papouli, so nennt sie ihn zärtlich.

Zu Hause sagt er zu seiner Frau: „Wie ist das möglich, dass es solche Leute gibt mit so einer Undankbarkeit! Die zwei jungen Geschöpfe lieben sich, Thanasis ist ein anständiger Kerl und Sonia ein nettes Mädchen, es ist ein perfektes Paar! Wie?!"

KAPITEL DREI

Die Zeit vergeht, der älteste Bruder von Thanasi ist mit einem guten Mädchen verheiratet, „eine von unseren", wie Mama Maria sagt. Stathis geht von Gruppe zu Gruppe und spielt mit falschem Hochmut den MANN! „Mein Weib ist wieder schwanger", so sagt er und lacht laut, „So sind echte Männer! Sie sollen sich trauen, was zu sagen, ich gehe nach Hause, unterwerfe die Meinige nach meiner Laune, so oft ich will!" Weil er der große Bruder ist und in der Familie das Recht zum Dirigieren hat, hat sich Mama Maria, obwohl sie genau weiß, dass er Unrecht hat, nicht getraut zu widersprechen.

„Wenn er diese Fremde heiratet, muss er aus diesem Haus weg, ich wiederhole, ich will diese Person hier nicht sehen, Punkt." Das ist Stathis. Die Mutter Maria kommt nicht gegen seinen Zorn an, ganz still bückt sie den Kopf.

„Weißt du, Mama", sagt Sonia zu ihrer Mutter, „Thanasis hat mich gefragt, ob ich ihn heiraten möchte, ich habe ihm gesagt, dass ich zuerst dich frage, was sagst du?"

„Meine Liebste, mein gutes Kind, ihr liebt euch, meinen Segen habt ihr. Du weißt sehr gut, dein Vater hätte sich sehr gefreut für eure Liebe, Gottes Mutter beschützt meine gute Tochter, meinen Spross. Wenn dein Bruder hier sein könnte, wer weiß, wo er sich zurzeit überhaupt befindet. Er hat Angst zu kommen, was soll ich tun? Niemals hätte ich mir vorstellen können, dass uns so eine böse Sache passiert und die ganzen Bemühungen der Polizei haben bis heute kein Resultat gebracht!"

Die Vorbereitungen für die Verlobung sind in vollem Gang, Fofo hat wieder beschlossen, zu Maria zu gehen, um Sonias Willen, Thanasis ist so ein netter Junge. Stathis, wütend, macht die Haustür auf und kickt die Frau Fofo auf die Straße.

„Wenn sie heiraten, ist es ratsam, bei dir zu wohnen, in deinem Haus, hier haben sie nichts verloren", schreit Stathis ihr zornig hinterher. Fofo geht nach Hause und sagt zu ihrer Toch-

ter: „Mein Mädchen, eure Liebe ist das Allerwichtigste, Gott sei
mit euch!!! Stathis kann nicht begreifen, was das ist, das man
Liebe nennt. ‚Man heiratet jemanden, weil es praktisch ist, du
hast ein Weib in Haus, du kommst nach Hause, wann du willst,
du breitest sie unten aus, frönst deiner Lust, deiner Sache, hast
so dein Vergnügen und du bist erleichtert! Liebeleien und Märchen, so was Blödes', sagt Stathis lauthals. Dieser große Mann
ist auch ein guter Christ! Er geht regelmäßig zur Kirche, er bekreuzigt sich mit Frömmigkeit vor den heiligen Ikonen, aber er
kann nicht begreifen, was Liebe ist, wie kann man eine Frau lieben, es ist ihm so unbegreiflich!!!"

Die Frauen in jenen Zeiten sind meistens Analphabeten und
ohne Mut gegen die Stärke der Männer, keine Frau nimmt sich
das Recht, sich zu widersetzen, es gehört sich auch nicht!!!

Es geht los, heute ist die Hochzeit von Thanasi und Sonia, Papa-
Dimos und Papa-Thaki sind festlich angezogen, die ganze Kirche
ist in vollem Glanz, Fofo weint vor Freude und Traurigkeit, sie
hat ihren Jannos nicht in ihrer Nähe. Was für einen Spaß hätte
er, er war immer ein lustiger sowie auch fleißiger Mensch. „Was
soll ich tun? Er hätte es nicht gutgeheißen, wenn ich den Kopf
hängen lasse." „Komm, lass dich umarmen, so gefällt mir meine
beste Freundin", sagt die Pfarrersfrau zu Fofo. Ein richtig großes
Fest, so, wie es zu einer Tochter eines Zelinga passt, das jung ge-
traute Paar soll hochleben!! Freunde, Bekannte und Verwandte
haben mit Lachen, Tanzen, Essen und Trinken ihren Spaß gehabt, die Tasche war voll mit vielen guten Sachen, genug für alle.

Die zwei Schwestern, Lenio und Ntina, waren elegant ge-
kleidet, ihre schneeweißen Hälse mit reichen Goldmünzen als
Halskette geschmückt. Mit ihrem schönen Lachen bezaubern
sie die jungen Kerle. Es ist ein Vergnügen, sie vorne beim Tanzen anzuschauen, mit ihren eleganten, schmeichelhaften Be-
wegungen. Fofos Kusine flüstert ihr ins Ohr.

„Ah, meine liebe Fofo, deine anderen Mädchen sind auch im
Heiratsalter, alle jungen Männer schleichen um sie herum, als

hätten sie Wetten abgeschlossen, wer zum Auserwählten wird und haben die Augen auf die zwei hübschen Geschöpfe gerichtet, deine Töchter!"

Fofo lacht mit einer traurigen und irgendwie bitteren Art, sie versucht, die Tränen zu verbergen!

„An so einem Tag wird nicht geweint, es ein Tag der Freude für meine Sonia, jetzt habe ich auch ein Schwiegersohn. Thanasis ist ein gutes Kind, meine Tochter wird glücklich mit ihm sein." Auf einmal ist Maria dahergekommen.

„Ah, mein Gott", sagt Fofo, sie ist auf sie zugegangen, hält sie an der Hand, heißt sie willkommen und gibt ihr ein Glas Wein. „Lass uns trinken auf das Glück unserer Kinder!" Ein bisschen abseits im Hof von Fofo ist ein kleines Haus mit viel Platz für das jung verheiratete Paar. „Das ist das Nest für das Glück meiner Tochter, ihr erstes Zuhause, ah Jannos, du hättest große Freude am Glück deiner Tochter." Fofo geht am folgenden Tag ans Grab ihres Mannes und spricht zu ihm. „Weißt du, Jannos, deine Tochter, eine hübsche Braut, sie hat ja vieles von ihrem Vater, ich bin mir sicher, du hast sie von da oben angeschaut. Wenn du nur wüsstest, wie ich dich brauche. Ich fühle dich in jedem Atemzug, in jedem Schritt, in jedem Herzklopfen, sag mir, wer ist dieser Verbrecher, der sich das Recht genommen hat, unserer Familie so ein bitteres Unglück anzutun?"

Der Weg zum Friedhof ist für Fofo täglich ein Muss, jeden Tag zu ihrer großen Liebe und da kann sie alles sagen! Manches Mal geht sie den Weg Richtung Berg, sie tritt den Pfad, den ihr Jannos ging, sie fragt die Büsche, die Kieselsteine, die Zweige der Bäume, das trockene Gras am Straßenrand, die Vögel am Himmel, vielleicht können sie sie trösten. Ihr Herz schmerzt von der viele Liebe! So, wie es der ältere Bruder von Thanasi verordnet hat, so ist es auch geschehen, die Fremde darf nicht in dieses Haus kommen! So wohnen Thanasis und Sonia bei ihrer Mutter Fofo.

Eines abends, als sie beisammen sitzen, sagt Fofo zu Thanasi, er soll den großen Korb mit den vielen Knäueln aus Wolle herbringen, die hat Sonia letzten Winter gesponnen. Sie gehen zu zweit ins andere Zimmer, da ist auch Sonia, Fofo sagt ihm, er soll die Türe schließen und er hat es auch getan.

Sie gibt ihm eines von diesen Knäueln in die Hand und er soll das in die andere Richtung zusammenwickeln. Es ist komisch, den Stoff von einem Knäuel auszuwickeln und in die andere Richtung einzuwickeln, denkt Thanasis, aber er sagt nichts, er traut sich nicht, seiner Schwiegermutter zu widersprechen, es gehört sich nicht! Als dieses erste Wollknäuel zum Schluss kam, hat er verstanden, sein Erstaunen war überwältigend, ganz zum Schluss sind fünf Goldmünzen gewickelt. Unglaublich, er sagt für eine lange Zeit nichts, er schaut Fofo und danach den Korb mit den ganzen Wollknäuel mit fragendem Blick an. Fofo bewegt ihren Kopf und sagt nur: „Ja, ja!" Nach einer langen Stille sagt Fofo zu Thanasi. „Das ist meine Mitgift für euch, dass ihr nicht ohne irgendetwas dasteht, Gott stehe euch bei! Mein Jannos hat immer gesagt, seine Töchter gehen nicht nackt aus seinem Haus, Gold, das ist meine Tochter wert!" Fofo küsst Thanasis und ihre Tochter auf die Stirn, sie sagt gute Nacht und mit leichtem Herzen geht sie aus dem Zimmer.

„Was sagst du, mein Liebster, ist alles richtig, wie ich es heute getan habe? Mein Gott, dort in der Fremde, wo mein Sohn sich befindet, stehe ihm bei und schütze ihn vor dem Bösen. Wie ich ihn vermisse, er ist ein gutes Kind, ein Kerl, mein Panagis."

Eines Tages hat sie beschlossen, in die Stadt zu gehen, zur Polizei, vielleicht haben die was Aktuelles. Mit ihrem Pflegesohn und auf der Pferdekutsche sind sie in die Stadt, der Junge hat draußen gewartet. Fofo kommt aus dem Polizeirevier mit gesenktem Kopf. „Es gibt nichts Neues", sagt der Kommissar, „Es tut mir leid." „Meinen guten Jungen haben sie nicht, so sagen die Herren in diesem Büro. Lass uns nach Hause gehen."

Auf dem ganzen Rückweg hat Fofo allein gesprochen und geweint, sie hat die schönen blühenden, bunten Blumen nicht gesehen, der Bach mit seinem klaren Wasser fließt und sagt irgendwas, wer weiß, was!

„Lass uns einen Halt hier an diesem Olivenbaum machen, im Schatten dieses Baumes bin ich mit meinem Jannos oft gewesen, damals, frisch verheiratet. Wir sind Sonntagnachmittag in die Stadt in das vornehme Kaffeehaus, alle haben uns Glück gewünscht. Unsere Liebe war so rein, so offensichtlich, so klar, die Menschen haben sich für uns gefreut, als ob wir ihre Kinder wären, wir haben niemandem etwas Böses getan. Warum, warum, mein Gott, dieser erschreckende Schlag? Es sind zwei Jahre und fünf Monate vergangen, seit ich meinen Jannos verloren habe, mein Augenlicht, mein Atem. Hast du das gehört, mein guter Olivenbaum, ich habe meinen Jannos verloren! Welchem Halunken hat mein Glück missfallen? Sie waren eifersüchtig auf unsere Liebe, auf unser Glück, haben meine andere Hälfte getötet und ich bin allein geblieben, ja allein, aber ich habe eine Pflicht meinen Kindern gegenüber, ich brauche Kraft!"

Nachdem sie sich ausgeruht haben, sagt Fofo zu ihrem Pflegesohn: „Es ist Zeit, zu gehen. Zuhause werden sich alle Sorgen um uns machen."

Sie gehen den Weg zum Dorf, Fofo bindet wieder ihr Kopftuch um ihre Haare, die ersten Grauen sind zu sehen. Die vielen Sorgen der letzten Zeit haben ihre Spuren hinterlassen!

Lenio ist ihrer Mama um den Hals gefallen, voller Freude. „Mama, komm, ich küsse dich, setz dich erst. Da, jetzt kommt auch Sonia mit Thanasi!" Fofo schaut erstaunt, sie denkt, ohne ein Wort zu sagen: „Was ist jetzt los?" Sonia kommt zu ihr. „Mama, gib mir deinen Segen, in ein paar Monaten wirst du Oma." Fofo kann ihren Ohren nicht glauben, sprachlos. Vor Freude und Überraschung ist sie gerührt und hat sie an ihren Hals gedrückt, sie wusste nicht, wie sie ihre Freude ausdrücken kann. „Wo bist du, Jannos, dass du auch mit uns teilnimmst an diesem freudigen Ereignis für deine Sonia? Komm hier, mein lieber Kerl!" Sie umarmt Thanasi mit Tränen in den Augen.

„Meinen Segen habt ihr!" Sie küsst ihn. „Ich freue mich auf mein erstes Enkelkind, es wird alles gutgehen!"

Es ist so viel Zeit vergangen seit Kyriakof bei die Polizei war und bis jetzt, auch nach der Aussage von Kyriakof, gibt es kein Ergebnis, etwas muss geschehen! Es ist nicht möglich, dass

Mörder unbestraft bleiben! Am Abend, als Fofo schlafen geht, spricht sie wie immer mit ihm und erzählt ihm: „Ich werde bald Oma! Wenn mein Panagi hier wäre, dann wäre alles noch besser, aber er hat Angst vor diesen Mördern."

KAPITEL VIER

Wie die Zeit vergeht. Eines Tages kommt der Briefträger, er geht zu Papa- Dimos und zu Papa-Thaki, sie gehen zusammen in die Kirche und lassen die Kirchenglocke läuten. Daraufhin versammelt sich das ganze Dorf. Papa-Dimos berichtet allen die schlechten Nachrichten: In Europa ist Krieg, von Landratsamt ist ein Brief angekommen, mit den Namen jener Männer, die sich in der Truppenaushebung vorstellen sollen. Unter anderem auch Thanasi.

Sonia ist in Panik, was soll sie jetzt tun. Ihre Mutter und Thanasis versuchen, sie zu beruhigen. Nachdem die Diskussion zu Ende ist, sind sie alle einer nach dem anderen nach Hause gegangen. Thanasis gibt sich Mühe, Sonia zu trösten, Fofo hat auch andere Gedanken, ihre eigenen. „In Europa ist Krieg und mein Sohn ist seit vielen Jahren in der Fremde, jetzt, mit diesem Aufstand, ist es noch schwieriger, den Weg nach Hause zu finden, zu mir, wo ich so auf ihn warte. Mein Sohn an einem unbekannten Ort und mein Schwiegersohn im Krieg, all diese ganze Last muss ich ertragen!"

Der große Tag des Abschieds ist gekommen. Tränen, Weinen, Schreien, und Küssen. „Gehe mit Gottes Hilfe und komm wieder gesund zurück", sagt Sonia zu ihrem Thanasi. Für wie lang dieser Abschied ist, ist unbekannt. Sie versucht, für ihn zu lachen, mit ihrem Taschentuch wischt sie ihre Träne und gibt es ihrem Mann. „Du sollst das an deiner Brust tragen und in deinem Herz, dieses Taschentuch soll dich schützen da in der Fremde, wo du sein wirst."

Ein leeres Dorf, die Kerle sind zum Krieg berufen, der ältere Bruder von Thanasi, Stathis, ist im Dorf geblieben. Er ist Vater von vier Kindern, daher sagt das Gesetz, er kann daheim bleiben.

Die Zeiten gehen in eine schlimme Richtung, von der anderen Nachbarsgrenze kommt noch eine Gefahr, das Dorf befindet sich in großer Gefahr. Was da noch auf das Dorf und auf ganz Europa zukommt, ist ungewiss. Der Landrat hat ein Rundschreiben in alle abgelegenen Dörfer geschickt, die ganze Bevölkerung soll sich in den Großstädten versammeln. Fofo macht sich Gedanken, was richtig ist! „Meine Tochter Sonia erwartet ihr erstes Kind, das Haus, das Vermögen und das Vieh in der Bergalm sind nicht mehr viel, Diebe gehen in der Nacht um und rauben, was sie können." Frau Maria, jetzt, wo sie die Schwiegermutter von Sonia ist, hat gesagt, sie werde Acht geben und sie wird Sonia zu sich nehmen, unten in der Stadt zu ihren Bekannten. Alle Pferdekutschen sind vollgepackt, jetzt ist die Stunde der Abfahrt, die Straßen des Dorfes sind gefüllt mit den ganzen Karren, jeder hat mitgenommen, was für ihn wichtig und kostbar ist. Der Weg geht Richtung Stadt, vorne Papa-Dimos, sein Wagen ist mit kirchlichen Reliquien voll. Dorfleute, einer nach dem anderen, und zum Schluss Papa-Thakis, auch mit Sachen der Kirche. „Bereit!", schreit Papa. Nach kurzer Zeit sagt die Frau zu Papa Thaki: „Irgendwas gefält mir nicht, ich sehe Sonia nicht. Fofo ist gestern Abend mit ihren anderen zwei Töchtern weggefahren in die andere Stadt. Ihr Pflegesohn und die zwei anderen Mädchen mit dem Baby." Erst hat Papa-Thakis nichts gesagt, er schaut sich um. Es ist keine Sonia zu sehen. Er hält seinen Karren und geht zu Papa-Dimos, sie haben etwas zu zweit geflüstert und danach ist er wütend geworden! „Alle halten, sofort!", ruft er mit seiner rauen und wilden Stimme, die ganze Kolonne hält. Sie wussten ganz genau, wenn der Pfarrer so einen Schrei loslässt, ist was geschehen und es hat den Papa zornig gemacht.

„Sag mir, Frau Witwe Maria, wo ist Sonia? Wo?" Frau Maria hat den Kopf gebückt, ohne einen Ton zu sagen, da kommt Stathis zu Wort: „Mutter, du sagst nichts, kein Wort, lass den Pfarrer schreien." Papa-Dimos fragt wieder, dass es das ganze Dorf hört, dann sagte Maria: „Was soll ich tun, mein Sohn Stathis will nicht, dass wir sie mit uns nehmen!" Jetzt ist auch die Stimme von Stathis zu hören: „Diese Fremde gehört nicht zu uns!" „Das ist genug!" Papa-Dimos steigt von seinem Pferdewagen, mit direktem Schritt zum Stathis. „Du hast die Zeit vergessen, als du hungrig, ungewaschen, barfüßig angekommen bist, sag mir, wer hat seine Haustür aufgemacht und hat dich reingelassen, undankbares Wesen!" Papa-Dimos hat sich Stathis genähert und sagt mit lauter Stimme, dass es alle hören: „Kein Respekt auch vor deiner eigenen Mutter, du hast mit ihr gestritten, die Frau deines eigenen Bruders nicht mitzunehmen, schäme dich, du gefühllose Kreatur!"

Papa-Dimos hat zwei Personen zurück ins Dorf geschickt und alle haben gewartet, bis sie wieder mit Sonia angekommen sind, Papa-Dimos und seine Frau haben sie mit zu sich genommen, sie hat etwas Warmes zu essen gemacht für das verwirrte Mädchen, sie in ihrer Schwangerschaft! Sonia hat Schmerzen, aber sie sagt nichts, und so sind alle wieder weiter auf dem Weg Richtung Stadt. Gleich, nachdem sie angekommen sind, geht Papa-Dimos mit Sonia zum Arzt, nach der Untersuchung sagt dieser: „Ich bin sehr traurig, das zu sagen, mein liebes Mädchen, du hast das Kind verloren, bestimmt aus Angst, was ist geschehen? Pater, sag, was ist so Schlimmes mit Sonia geschehen?!"

Sonia ist drei Tage im Haus des Doktors geblieben, seine Frau hat sich um sie gekümmert. „Mein gutes Mädchen, du bist noch jung, ich wünsche dir viel Glück, es wird alles wieder gut werden."

Sonia ist danach zu Papa-Dimos und seiner Frau in ein kleines, aber sauberes Haus gekommen.

Der Bürgermeister der Stadt bietet allen Leuten des Dorfes Unterkunft. Es sind harte Zeiten für alle, es müssen alle irgendwie zusammenrücken und so wird für alle Mitmenschen Platz sein. Alle haben sehr gut verstanden, dass Schwieriges bevorsteht, und niemand weiß, für wie lang! Eines nachmittags sitzen Sonia und die Pfarrersfrau zusammen und putzen Linsen für das Essen morgen, da kommt Frau Maria dazu. Sonia ist aufgestanden zur Begrüßung und hat die Hand ihrer Schwiegermutter geküsst. „Herzlich willkommen, Frau Maria", sagt die Pfarrersfrau. „Wie kommt dieser hohe Besuch?" Frau Maria erwiderte: „Was soll ich tun, meine Liebste, mein Sohn Stathis ist ein bisschen wütend und gleich zornig …" „Nicht nur ein bisschen, meine liebe Frau Maria", sagt die Pfarrersfrau, „Ich weiß, ich schäme mich vor den Menschen für sein Benehmen, es ist nicht schön. Sie ist die Frau meines Thanasis, ich bitte sie, ob sie mit mir kommen will. Es ist ungewiss, ob mein Sohn vom Krieg zurückkommt, ich werde Stathis ins Gewissen reden." „Sag es nicht mir, sag es deiner Schwiegertochter." Sonia schaut zu Papa-Dimos, sie fragt nach seiner Meinung. Papa-Dimos schaut Maria misstrauend und mit scharfem Blick an. „Ja, du hast Recht, sie ist deine Schwiegertochter, aber eins sage ich dir, ich habe etwas Böses, Krummes gehört. Mein gutes Kind, gehe mit Mama Maria, aber eins musst du genau wissen, wenn dich jemand belästigt oder dir was antut: Jederzeit, Tag und Nacht, unsere Tür ist für dich immer offen, das ist auch die Meinung meiner lieben Frau!"

Sonia ist mit ihrer Schwiegermutter gegangen. Niemand weiß, wie lang dieser absurde Krieg noch andauert und was er noch Böses bringen wird. Von der Kriegsfront gibt es nur wenig Informationen, Sonia hat einen Brief von ihrem Thanasi.

„Meine liebste Sonia, hier, wo ich mich befinde zusammen mit anderen Männern, ist es die Hölle. Niemand weiß, wie lang dieses Martyrium noch dauert. Wir befinden uns an der albanischen Grenze, Kälte, Regen, Schnee und die deutschen Kanonen, es gib keine Stunde Ruhe. Wie geht es dir? Was macht die Schwangerschaft?"

Sonia fängt, nachdem sie den Brief gelesen hat, an zu weinen. „Er hat genug unschöne Sachen um sich, wie soll ich ihm sagen, dass ich unser Kind verloren habe? Nein, das kann ich nicht. Wenn er wieder hierher zurückkommt, wird er früh genug erfahren, sowas sagt man nicht von so einem weiten Abstand!"

Die Tage vergehen, Sonia geht jeden zweiten Tag ins Rathaus. An eine Wandtafel werden die Namen der Gefallenen geschrieben. Nachdem sie alles durchgelesen hat, geht sie zufrieden nach Hause, sein Name war wieder nicht an dieser Wand, wie schön!

Stathis macht sich lustig über Sonia. „Nun, deine Liebe, ah was, jetzt, wo er weg ist? Er wird nicht zurückkommen, dort werden viele getötet."

Sonia hat seinen Unsinn nicht gehört.

„Ich habe eine Frau und ich kann so viele Kinder machen, wie ich will und wann ich will!" Diesem unsinnigen Gespräch hat Sonia keinen Wert gegeben, sie hat die Hoffnung nie aufgegeben.

Es ist Hochsommer, das Korn auf den Feldern ist reif, die Leute sind in der Nacht zu ihren Feldern im Dorf gegangen, unter Lebensgefahr, und haben von Hand geerntet. Mit Sonnenaufgang sind sie wieder ins Dorf zurückgekehrt. So ist auch Sonia jeden Tag heimlich in die Nacht gegangen und am Morgen, wenn die Sonne aufgegangen ist, ist sie zurück ins Dorf gekommen. Müde von der nächtlichen Arbeit ist sie kurz zu Bett gegangen, um sich auszuruhen.

Stathis hat Sonia mit seinem gemeinen Blick und seinem trügerischen Lachen immer von weitem aufgelauert. Eines Tages hat sich Sonia müde von der Arbeit hingelegt. Da ist Stathis auf sie losgegangen, Sonia ist in ihrem leichten Schlaf erschrocken. Schreiend hat sie ihm mit ihrer ganzen Kraft in sein freches Gesicht geschlagen und nach ihm gespuckt. Sie hat ihre wenigen Sachen zusammengenommen und sich vorbereitet, zu gehen. Frau Maria bittet sie weinend, zu bleiben, aber sie nimmt den Weg zu Papa-Dimos, seine Frau macht die Tür auf und umarmt sie. Die zwei Frauen sitzen zusammen, trinken Kaffee, ohne ein Wort zu sagen. Nach kurzer Zeit ist Papa-Dimos da, Sonia steht auf, sie küsst ihm die Hand. Sie setzen sich und nach einer Weile sagt er: „Frau Papadia, meine Liebste, Sonia bleibt bei uns, wie du es gesagt hast." Und so genießen sie in aller Ruhe ihren Kaffee!

„Weißt du, meine liebe Frau, heute ist ein schöner Tag, lass uns ein bisschen rausgehen, so ein kleiner Spaziergang. Wie ich unser Dorf vermisse! Wer weiß, wie lang dieser verfluchte Krieg noch dauert."

Auf so einem kleinen Spaziergang begegnen ihnen auch Mama Fofo mit ihren anderen Töchtern, sie sind auch zum einkaufen unterwegs. Sonia hat, als sie ihre Mutter und ihre Schwestern gesehen hat, angefangen zu weinen, vielleicht vor Freude, aber vielleicht auch aus Traurigkeit über die Ereignisse der letzten Tage. Umarmungen, Küsse, Lachen, Weinen, alles zusammen!

Nach einer langen, lustigen Unterhaltung ist jeder auf dem Weg nach Hause, Fofo küsst ihre Tochter Sonia auf die Stirn. „Mutter Gottes sei mit dir, mein Kind!" Papa-Dimos und seine Frau haben Fofo versichert, dass sie auf Sonia aufpassen. „Ich weiß, es ist sehr gut, dass meine Tochter bei ihnen in einem guten Haus ist und das beruhigt mich. Ich danke euch!"

Demnächst ist ein Brief von der Front gekommen für Sonia.

„Meine Liebste, ich schreibe nur ein paar Worte, dass du weißt, ich bin noch am Leben. Es ist sehr dunkel hier unten in diesem Mäuseloch, wo wir uns befinden, Kälte und Feuchtigkeit und es ist einige Tage her, seit wir uns gewaschen haben. Ein bisschen trockenes Brot, etwas Wasser, aber das Schlimmste sind die Flöhe, die haben uns gefressen! Grüße auch an meine Mutter, du weißt ja, sie ist Analphabet. Sag ihr, es geht mir gut. Grüße an deine Mutter und alle Freunde, ich hoffe, dass dieses Elend bald ein Ende hat! Mit viel Liebe, der immer deine Thanasis!"

Die Hände von Sonia haben gezittert, als sie den Brief gelesen hat.

„P. S.: Pass auf unser Kind auf."

Er hat keine Ahnung vom Verlust des Kindes, er hat genug andere Probleme dort, wo er sich befindet, er soll nur gute Nachrichten haben.

„Ah, mein gutes Mädchen, dein Thanasis ist ein Glückspilz, dass er so eine wie dich zur Frau hat. Hoffentlich hat dieser verfluchte Krieg bald ein Ende und so findet alles wieder seine Ruhe. Wie wenig Verstand hat der Mensch und macht so was, Krieg?!"

„Meine liebe Papadia, mit der Zeit sind wir zwei gute Freundinnen geworden, aber ich bete jeden Abend, dass dieser Krieg zu Ende geht und die ganzen jungen Männer wieder in ihre Heimat zurückkommen, auch mein Thanasis. Jeden Abend, wenn ich zur Kirche gehe, bete und bitte ich an jeder angezündeten Kerze bei allen Heiligen, dass sie dieser armen Menscheit beistehen! In meinem Inneren höre ich meinen Thanasi singen, lachen und danach etwas in mein Ohr flüstern. Danach komme ich in die Realität und merke, dass es nur in meiner Fantasie so war, ein innerer Wunsch!

Meine Mutter ist in ihrem Elend, als wir alle im Dorf waren, jeden Tag zum Grab meines Vater gegangen, das ist ihre einzige Art, mit ihm zu sprechen. Wenn ich mit war, hat sie gesagt:‚Gehe, mein Mädchen, ich bleibe noch ein bisschen!' Siehst du hier, auf diesem Foto, es ist am Tag meiner Hochzeit, das erste Mal, als ich meine Mama wieder lachen sehe nach dem Mord an meinem Vater.

Thanasis sagte an jenem Tag zu mir, dieses Lachen ist das größte Geschenk, das sie uns machen konnte und es ist so, meine Mutter ist ein sehr guter Mensch, aber dieses Verbrechen, das das Leben meines Vaters gekostet hat, hat aus ihr ein verbittertes Wesen gemacht! Sie ist misstrauisch geworden, ihr Blick hat etwas Wildes, ihr Herz ist hart, sie geht selten irgendwohin fort, nur in wenigen Ausnahmen. Sie schaut keinem Menschen ins Gesicht, vielleicht ist der oder der der Mörder, der gewagt hat, unser Glück zu zerstören, unsere Freude zu berauben, den Vater meiner Kinder, wem soll ich vertrauen?

Der Lieblingshund meines Vaters, der immer mit ihm war, hat es nicht ausgehalten, was er alles gesehen hat, das ganze Martyrium. Er hat seinen letzten Schrei gehört, seinen letzten Atem, lange Zeit hat er nicht gefressen, nicht getrunken. Nach einigen Tagen ist er da hinten, am Friedhof, gestorben, das unglückliche Tier. Wenn er nur sprechen und uns sagen könnte, was er gesehen und gehört hat an jenem schlimmen Tag!

Ah, Frau Papadia, ich rede und rede und belästige dich mit meinen Problemen. Sag mir was von deinen Sorgen, es gibt immer etwas, was dich belastet."

„Ja, es ist wahr, ich habe auch meine eigenen … Gestern ist ein Brief von der Front gekommen, mein Sohn ist verwundet und ist im Krankenhaus. Er schreibt selber: ‚Meine liebe Mutter, du sollst dich nicht sorgen, in ein paar Tagen schicken sie mich nach Hause.' Was ist zu sagen, wie und warum, dies sind meine Neuheiten, verfluchter Krieg! Das Böse in den Menschen hat keine Ende. Erinnerst du dich noch, es waren glückliche Jahre, Feste, Lachen, Freude, wo ist das alles geblieben? Es gab auch damals Probleme, dein Vater, Gott habe ihn selig, hat mit Papa-Dimos immer dafür gesorgt, dass die Liebe im Ort ist und alles seine Ordnung hat!"

Frau Fofo ist an einem anderen Ort mit ihren Töchtern. „Wie gern wäre ich in meinem Zuhause, im Dorf, da wo ich so viele Jahre mit meinem Jannos glücklich gelebt habe, zum Friedhof gehen, mit ihm sprechen und so mein Herz erleichtern konnte!"

Als sie ein junges Mädchen war, haben ihre Oma und ihr Vater immer zu ihr gesagt: „Du musst das hören, was dein Herz sagt, ganz genau da hinhören, sei aufrichtig zu dir." In letzter Zeit versucht sie, alles zu hören, was ihr Herz sagt, aber sie hört nichts, gar nichts! Es ist alles hart, böse, eisig, misstrauisch! „Wie ist das möglich, mein Herz, es gibt Menschen, die sich das Recht nehmen, einen anderen Menschen zu töten, den Menschen, meinen Mann, meine große Liebe, ein gütiger Mensch, einer, der die Sorgen, Nöten und Probleme anderer verstanden hat. Er war Freund und Bruder für alle, immer und überall!

Und diese Polizei tut nichts, die finden kein Ende beim Mord an meinem Mann."

„Die Zeiten sind schwer, es ist Krieg in Europa und da an der Front sterben jeden Tag Menschen!" So etwa klingt die Antwort der Polizei jedes Mal, wenn sie danach fragt.

Gestern in der Nacht hat sie davon geträumt, als junge Braut mit ihrem Jannos im Dorf zu sein, es war so klar und lebendig. Sie sucht mit ihrer Hand das Kopfkissen ab, aber es ist leer, ohne Jannos, nur ein Traum!

Es kommen der Winter und die Kälte, Schnee und Regen erschweren die Symbiose in der Stadt. Alle umliegenden Dörfer sind hier versammelt, die Wasserversorgung ist katastrophal, die Bevölkerung ist in Not. Die wichtigen Lebensmittel wie Milch, Öl, Butter, Gemüse und Medikamente für die kranken Leute werden mit jedem Tag weniger. Was wird aus den alten und schwachen Leuten?

Hurra! Endlich ist der Krieg vorbei und die Menschen haben begonnen, in ihre Dörfer zurückzugehen, jeder in sein Haus. Fenster, Türen, alles auf, es ist auch Mai, der schönste Monat des Jahres. „Es war auch damals Mai, als Sonia und Thanasis geheiratet haben", so denkt Fofo, sie sitzt mit ihren Töchtern oben auf der Veranda des Hauses, den ganzen Morgen putzen und lüften sie das große Haus. In wenigen Tagen kommt auch Thanasis nach Hause, der Ehemann von Sonia. Wie soll sie ihm sagen, dass sie das Kind verloren hat, was soll sie tun? Sie hat das erste Kind an jenem Tag verloren, als seine Mutter und sein Bruder sie allein im Dorf zurückgelassen haben, so war es auch und so hat es der Arzt gesagt.

„Sei beruhigt, ich werde es sagen, ich bin hier und ich werde die Wahrheit sagen, lügen werde ich nicht, wie bitter die Wahrheit auch ist, sie muss gesagt werden! Mein liebes Mädchen, die Wahrheit und der Stolz kosten nichts, aber nicht jeder kann sich das leisten, nicht alle Menschen wollen sie hören und akzeptieren. Wir Menschen wollen nur das wissen, was uns passt, und sind wir auch Christen!"

Es ist dieser Tag, als Thanasis aus dem Lazarett gekommen ist, natürlich ist Frau Papadia zu ihm, sie hat ihm die ganze Wahrheit gesagt, aber Sonia hat ihn gebeten, er soll kein Problem und keinen Streit mit seinem Bruder anfangen. „Wir sind noch jung, Gott ist groß. Versaut kein Moment. Ich bin froh, dass du wieder hier bist, deine Briefe habe ich alle gesammelt. Sie haben mir Halt und Kraft gegeben, so lang du weit von mir weg warst!"

In kurzer Zeit hat Sonia ihr zweites Kind erwartet, es ist so weit, ein Mädchen sieht das Licht der Welt, mit frechen, schwarzen Augen und einem gemalten Gesicht. An diesem gesegneten Sonntag, an dem sie geheiratet haben. Fofo fragte mit Lachen und Weinen: „Wo bist du, mein Jannos, dass du dieses großartige Geschenk Gottes siehst, aber ich habe wieder so eine Angst vor dem Bösen dieser Welt, mein Herz ist so hart wie Stein geworden, ich bin ein schlechter Mensch geworden, argwöhnisch seit diesem Verbrechen. Was für neidische Hände sind es, die dich von mir weggenommen haben?"

Sehr oft, mitten in der Nacht, sitzt Fofo allein auf der Veranda ihres Hauses und schaut in den Himmel. „Da oben, irgendwo befindest du dich, mein Jannos, und schaust nach mir!"

Zur Morgenröte sind vorne am Haus die Steine und der ganze Hof etwas nass, in der Nacht hat es geregnet. Es ist gut für den Garten und die ganze Landschaft. Alle diese Gedanken bespricht sie mit ihrem Jannos, sie ist überzeugt, er hört und versteht sie. Von ihrem Sohn hat sie keine Nachricht und macht sich Sorgen.

Es ist so viel Zeit vergangen, seit der Krieg zu Ende ist, wo ist er, was macht er?

Sonia erwartet ihr nächstes Kind, es ist die Stunde der Geburt, ein Junge, ein echter Kerl. Thanasis Freude ist unbeschreiblich.

„Meine liebe Sonia, ich habe einen Freund, einen guten Freund, in diesem grausamen Krieg waren wir in sehr schwierigen Stunden zusammen. Was hältst du davon, wenn er Patenonkel für unseren Sohn wird?"

Es war ein Tauffest wie im Märchen, jetzt lacht und freut sich auch Fofo. Thanasis braucht ein Paar Ochsen, um das Land zu pflügen für die nächste Saat. Er geht zu seiner Mutter, der Witwe Maria. Sie ist einverstanden, da kommt Stathis. Er streitet mit seiner Mutter, zornig, dass es das ganze Dorf mithören muss. Sie versucht, ihn zu beruhigen, aussichtslos, unmöglich. „Du weißt, Stathis, diese Tiere sind vom Staat für die ganze Familie gegeben."

„Ja, aber der ist nicht mehr Teil unserer Familie, seit er verheiratet ist mit dieser Fremden!" Thanasis sagt kein Wort, er hat die Tür zugemacht und geht.

Am folgenden Tag geht er in die Stadt, zum Viehmarkt und kauft zwei kräftige Ochsen für sein Land, für seinen Bedarf. Ganz früh morgens mit dem ersten Licht des Tagesanbruchs geht er aus dem Haus, erst melkt er die wenigen Schafe, die noch geblieben sind, bringt sie auf die Weide und parallel pflügt er sein Land. Abends, wenn er nach Hause kommt, rennen sein Sohn Konstantin und die Tochter Anna zu ihm, wickeln sich um ihn und streicheln sich an ihm, Oma Fofo lacht glücklich.

In einem seiner Äcker ist genug Wasser, da hat Thanasis Klee gepflanzt, gute Vegetation. Hin und wieder bringt er etwas von diesem kräftigen, frischen, grünen Kleegras nach Hause und zerstreut es vor dem Hof, frisch für das Geflügel.

Draußen auf dem Hof, auf einer Holzbank, sitzt die Familie und unterhält sich, die zwei kleinen Kinder spielen sorglos, das Geflügel pickt und frisst vom Grünen, da kommt von einer Seite ein junges Kalb und will auch was fressen. Fofo ist wütend, sie steht auf, nimmt einen Stock und jagt das Kalb mit Wut und Zorn davon, sie spricht allein vor sich hin!

Sonia sagt: „Mama, lass es auch etwas davon fressen!" „Nein", sagt Fofo, „Dieses Tier ist eines von Stathis, wenn wir Fremde sind für ihn, möchte ich auch nicht, dass sein Vieh sich unserem Haus nähert!" Fofo ist im Grunde ein sehr guter Mensch, aber der Mord an ihrem Mann hat aus ihr eine gefühllose, harte Frau gemacht. Sie weiß nicht, aber sie hat irgendeinen Instinkt, eine Vorahnung, dass es doch welche von den Leuten sind, die hier aus der Türkei hergekommen sind, die dieses erschreckende, mörderische Verbrechen an ihrem Liebsten begangen haben. Derselben Meinung ist auch ihr Sohn Panagis, und deshalb hat er Angst, in seine Heimat zurückzukommen!

Diesen Fremden, damals, als sie angekommen sind, übermüdet von der weiten, strapazierenden Reise, hat Fofo ihr Haus, ihr Herz aufgemacht, Jannos hat ihnen Arbeit gegeben, hat ihre Probleme und Nöte angehört und was haben sie ihm angetan, was, was!! Sie kann es nicht erklären, aber sie ist der Meinung, dass seit diese Neuen angekommen sich etwas im Dorf verändert hat.

„Schade, es gibt unter ihnen auch viele gute Menschen, ich sollte nicht alle mit einem bösen Auge sehen, ich bin ein grausamer Mensch geworden." Es geht die Sonne unter, Fofo macht sich bereit, zum Friedhof zu gehen, so wie jeden Abend.

Sie geht an sein Grab, zündet sein Licht an und danach kommt sie zurück, oft führt sie auch ein kurzes Gespräch in der Nachbarschaft, sodass sie ihre Zeit totschlägt. Zu mancher Zeit hat sie sich in die Arbeit gestürzt, so will sie sich trösten und irgendwie ihren Kummer vergessen. Die Nachbarinnen verstehen sich und stehen ihr bei, so gut sie können. Den Mann verloren und irgendwie auch den Sohn!

KAPITEL FÜNF

Lenio ist mitten in großen Vorbereitungen für ihre Hochzeit. Der nette blonde Kerl aus der Stadt, der Sohn des Schreiners, Tasos, ist der Glückliche, den die schöne Lenio heiratet. Viele junge Kerle aus dem Dorf und der Umgebung sind nachts unter ihrem Fenster gestanden und haben Liebeslieder gesungen, aber sie hat nur Augen für ihren Taso. Seit einigen Jahren, seit sie noch ein junges Mädchen war. Jetzt endlich ist es so weit, sie heiraten!

Das ganzes Haus ist in großem Aufruhr, geputzt, gestrichen, poliert, es wird Hochzeit gefeiert in Fofos Haus. Ihre Lenio heiratet, ihre zweite Tochter, ohne Vater und Bruder. Diese Schicksalsschläge kann der Mensch nicht ahnen.

„Die glücklichen Stunden oder Momente im Leben sind wenig, versuch, du Mensch, sie in Erinnerung zu behalten, festzuhalten. Diese wenigen Momente sind es, die dir Kraft und Courage geben für deine Schritte im Leben, in deinem Leben!", so denkt Fofo, sie wünscht sich von ganzem Herzen für ihre Tochter Lenio viele glückliche und gesegnete Jahre. Gestern Abend, als sie da sitzt an der unteren Stufe vor dem Haus, hat sie ihren Kopf etwas müde auf die rechte Hand gestützt und so ein bisschen die Augen zugemacht, und so ist sie eingeschlafen. Sie hat einen kurzen, schnellen, schönen Traum, ihr Jannos schaut sie von irgendwo weit her an und lacht, sie streckt sich und reicht die Hand zu ihm. Dann ist sie aufgewacht, ah, das war nur ein Traum, schade!

Der Stalljunge holt die große Karosse raus, poliert und schmückt sie, und er hat die zwei weißen Pferde gestriegelt. Voller Stolz wartet alles! Als der Bräutigam mit seinen Leute gekommen ist, steht die hübsche Braut wie eine Göttin, begleitet von Klarinetten und Geigen, voller Stolz in ihren hübschen Kleidern da; die zwei kleinen Kinder von Sonia sind ihre Brautkinder. Die Vermählung findet in der großen Kathedrale statt. Nach der Zeremonie geht zuerst Fofo zum Grüßen und Beglückwünschen, sie hat in einer Halskette zwei Reihen voll mit Goldmünzen aufgereiht. Diese legt sie um den zarten Hals ihrer Tochter. Lenio hat von der Ausstrahlung des Goldes noch mehr geglänzt. Ein großes Fest mit viel guter Laune, die Tische sind reichlich gefüllt, Freude und Lachen. „Der Tag meiner Lenio, so hätte es auch mein Jannos gewollt."

Am folgenden Tag in der Morgenröte geht Fofo zurück ins Dorf, übermüdet vom Fest, aber auch überglücklich. Auch dieser Schwiegersohn ist ein guter Junge! Sie ist zu Bett gegangen und gleich eingeschlafen, bis spät am Nachmittag. Sie ist ausgeruht, alles ist gut gegangen. Die Hochzeit mit so einem hübschen Paar und so reich gedeckten Tischen wird lange Zeit Gespräch in der Stadt und im Dorf sein.

„Es ist viel Zeit vergangen, seit ich geheiratet habe", sagt Fofo zu sich, „Wir waren überall ein hübsches Paar, so wie jetzt meine Lenio mit ihrem Taso!"

Die kalten Zeiten haben angefangen, der Winter kommt immer näher, der Dienstkerl und Thanasi bringen viel Holz vom Berg. Es wird gebraucht, das Haus muss in den Wintermonaten warm sein, es sind zwei kleine Kinder in Haus, die brauchen Wärme. Es nähern sich die Adventtage, Weihnachten, gesegnete Tage.

„Es sind vier Jahre vergangen ohne meinen Jannos, das ist das fünfte Weihnachten, zum Glück habe ich meine Familie mit den zwei Enkelkindern. Die geben mir Kraft, Mut und Willen. Jeden Tag schaue ich auf der Straße nach, vielleicht kommt von irgendwoher mein Sohn, Panagis." Viele Male träumt sie mit offenen Augen. Fofo hat sich in keiner Weise in ihrem Leben diese ganzen unerwarteten, unvorhergesehenen Überraschungen denken können. Viele glückliche Jahre mit ihrem Jannos, die Geburten der Kinder und jetzt diese letzten verbitterten, schwarzen Jahre!

Etwa Mitte März, an einem Samstagnachmittag, ist Lenio mit Taso gekommen, sie haben gestrahlt. Taso ist nicht gelaufen, er ist geschwebt. Sie werden herzlich empfangen, die zwei Kleinen von Sonia sind mit Freude und Geschrei zu ihrer Tante Lenio gerannt. Es sind alle im Haus, Fofo sitzt an ihrem gewohnten Platz, Sonia hat das Essen vorbereitet. Als alle zusammen sind, sagt Ntina zu Lenio: „Bist du irgendwie krank?" „Nein, wieso?" Lenio hat ihr Geheimnis gelüftet: „Taso und ich werden Eltern!" Mama Fofo ist noch einmal Oma, die Freude ist groß, unbeschreiblich, noch ein kleines Geschöpf in der Familie, wunderbar! Taso neckt Ntina, es ist Zeit und sie sei an der Reihe, noch ein Fest für alle. Ntina ist ähnlich wie ihre Mutter, ihr Lachen, ihr Gang, das ganze Benehmen, so wie Fofo als junges Mädchen war! Hübsch, zärtlich, schwungvoll, alle drei Schwester haben eine andere Ausstrahlung, die Jugend ist der allerbeste Schmuck, den sie haben. Nach der langen Unterhaltung mit der Familie haben sich Taso und Lenio bereit gemacht, zu ihrem Haus in der Stadt zu gehen, mit guten Wünschen, Küssen und Umarmungen haben sich die Geschwister verabschiedet. Die zwei kleinen von Sonia sind mit ihrem Geschrei der Mittelpunkt. Sonia nimmt den kleinen Konstantin auf ihren Arm und Anna an die Hand. Es ist Zeit zum Schlafen, spielerisch Toben und Oma Fofo zu küssen. Sie ziehen an ihrem schwarzen Kopftuch, Fofo lacht mit ihren zwei kleinen, großen Geschenken, gepriesen sei sein Name. Sie hat diese Leichte, Müde an ihrem Gesicht: „Es sind auch die Enkelkinder von meinem Jannos!" Das sind immer ihre Gedanken, im Inneren ihrer müden Augen ist die Nostalgie für jene große Liebe zu sehen, ihren Jannos! Sie macht das Kreuzzeichen und geht zu Bett. „Morgen Früh gehe zum Friedhof und bringe die erfreulichen Neuheiten meinem Jannos", so spricht sie und ist eingeschlafen, sie schläft mit der Hoffnung, dass sie in ihrem Traum ihren Jannos sieht!

Sie weiß auch selber, wie ihr Herz hart geworden ist und wie sie sich verschlossen hat, sie vermeidet es, Menschen in die Augen zu schauen. Vielleicht sieht sie tief in fremden Augen den Mörder ihres Mannes, irgendjemand von ihnen ist der Mörder, aber wer, wer? Wer ist es?!

Dieses Mädchen Fofo, sie steht vor dem Spiegel und fragt dieses, ja, dieses Mädchen: „Was ist das für ein Gesicht, sag mir, mein Jannos, wo ist jenes gute, frische, schöne, immer mit einem Lächeln gefüllte Gesicht, wo, wo? Es sind nicht die grauen Haare und die tiefen Falten das, was mich zu einem total fremden Gesicht macht, es ist die Bitterkeit, die mein ganzes Ich beherrscht, gleich nach diesem grausamen Mord!"

Kinderlachen ist von ihrem Zimmer zu hören, es sind ihre Enkelkinder, die Sinn, Schönheit und Freude in das tägliche Leben bringen. Sie bringen sie mit ihrer einfachen kindischen Art zum Lachen. Die Türe geht auf, sie rannten in ihre Arme. „Oma, Oma!" Es ist so ein lautes Geschrei um sie, da ist kein Platz für Traurigkeit.

Am folgenden Tag kommt die Nachricht von der Stadt, sie müssen alle kommen, Lenios Ehemann, Taso, ist auf die Pflastersteine gefallen. Es geht ihm schlecht, er ist im Krankenhaus. In Eile sind alle zusammen in die Stadt gegangen, der Schwiegervater von Lenio sitzt da, regungslos, mit geducktem Kopf, die Ärzte haben ihm wenig Hoffnung gemacht. Lenio ist in den letzten Wochen vor der Geburt ihres Kindes. „Mein Gott, was ist das schon wieder? Die Schicksalsschläge haben kein Ende, noch einer dazu!" Der Arzt hat gesagt, Taso hat die Augen für immer zugemacht, ein noch junger Kerl, gerade vierundzwanzig Jahre. Lenio ist untröstlich, so früh hat sie ihren Mann verloren, das Baby hat nicht das Glück, seinen Vater kennenzulernen, Halbwaise schon im Leib seiner Mutter. Der Arzt macht sich Sorgen, dass in ihrem Zustand nicht irgendwas Unerwartetes dazu kommt, deshalb bekommt sie ein Mittel zum Beruhigen. Es ist ein Meer von Menschen zu seinem Begräbnis, der Sohn vom Schreiner ist bekannt in der ganzen Umgebung. Lenio sitzt die ganze Zeit neben seinem Sarg mit einem schwarzen Tuch vor ihrem Gesicht und spricht unverständliche Worte, sie hat keine Kraft mehr zum Weinen. Ihr Herz ist so stumpf. „Was hast du für ein Schicksal, mein liebes Kind?", sagt Fofo und streichelt Lenios Hand. Nach dem Begräbnis bleibt Fofo die folgenden zwei Wochen bei ihrer Tochter. Sie bereitet sich vor, nach Hause zu gehen, als die Wehen für die Geburt des Kindes anfangen. Was für ein Prachtkerl, mit hellblauen Augen, wie sein Vater. Lenio hat vor Freude geweint, er bekommt den Namen seines Vaters, Taso.

Jetzt hat Fofo eine Sorge mehr, junges Mädchen, verwitwet mit einem Baby. Irgendwie wird es weitergehen.

Die Monate vergehen, Fofo hofft insgeheim, dass sie ihren Sohn sieht. „Ah, mein Panagi, wenn du nur wüsstest, wie du mir fehlst, wie ich deine Hilfe brauche, du bist ein vernünftiger Kerl wie einst dein Vater war."

Es sind einige Tage vergangen und Fofo ist wieder zu ihrer Tochter Lenio gegangen, sie will sehen, wie der Kleine gewachsen ist, es ist auch Sonia mit der kleinen Anna und Konstantin da, sie wollen ihren Vetter sehen. Lenio war dabei, den kleinen Taso zu stillen, das Baby mit seinen schönen, großen, blauen Augen trinkt hastig seine Milch und schaut neugierig um sich. Die junge Mama streichelt mit viel Zärtlichkeit sein noch haarloses Köpfchen. Es sind schöne Momente, die unvergesslich bleiben, ein Leben lang! Sie sind zwei Tage bei Lenio geblieben und dann sind sie wieder zurück ins Dorf gegangen. Unterwegs sind die Kleinen, so müde, wie sie waren, eingeschlafen, bis sie im Haus angekommen sind.

Das Leben hat seinen Lauf, gestern auf dem Rückweg vom Friedhof hat Fofo die zwei Pfarrersfrauen getroffen. Sie sind für ein Gespräch gekommen, es sind immer gute Freundinnen, mit ein bisschen Gesellschaft kann man für kurze Zeit die Sorgen und die Probleme vergessen. Thanasis gibt sich immer wieder Mühe, er will so etwas wie eine gute Beziehung zu seinem Bruder. Aber der bleibt stur, der Egoist, was soll das, er braucht keine Freundschaften und solche Märchen. Die Fremden sind und bleiben für ihn Fremde.

So wie jeden Samstagnachmittag geht Sonia zur Kirche, mit der kleinen Anna an der Hand, sie zündet eine Kerze an und bekreuzigt sich. Sie will gerade aus der Kirche, da kommt Stathis, der Bruder ihres Mannes, zornig und mit überheblichem Blick. Er brüllt, betet und flucht, er ist ein guter Christ und weiß, was Recht ist! Sonia hat keinen Ton gesagt, die kleine Anna, erschrocken, drückt sich an ihre Mama und so sind sie den Weg nach Hause gegangen. Die kleine Anna war bis dahin fest an die Hand ihrer Mutter geklammert. Erst, als sie Zuhause angekommen sind, hat sie losgelassen und sich beruhigt.

Es ist das Einschulungsalter für Anna. Mit großer Freude kann sie es kaum erwarten.

Sonia ist irgendwie nicht so gut drauf, sie ist zum Arzt gegangen. Nach den Untersuchungen sagt der Arzt: „Mein liebes Mädchen, wir haben erfreuliche Nachrichten, du erwartest ein Kind." Vor Freude kann sie nicht mehr hören, was der Arzt weiter sagte. Sie geht den Weg nach Hause zu ihrem Thanasi, was für ein erfreuliche Überraschung. Thanasis ist im siebten Himmel!

Sonia denkt an ihre Schwester Lenio, das Neugeborene wird ohne Vater wachsen, ohne väterliche Fürsorge, wir müssen ihr beistehen, das sind die Gedanken von Sonia.

Es ist Frühling und die Arbeit auf den Feldern braucht Hände. Fofo sorgt für die Kinder und Sonia geht mit Ntina und Thanasi an die Arbeit. Die Linsen haben zu trocknen begonnen, ihre Früchte und der Sesam sind auch so weit, die Kornfelder sind reif, bald ist Erntezeit. Damals mit Vater und Bruder waren mehr Personen da und so war alles leichter, manchmal konnte man sich hinsetzen oder -legen. Die Arbeit auf dem Land ist hart für Sonia, sie macht so viel sie kann in ihrem Zustand. Sie wird immer runder und schwerer, aber die Arbeit muss gemacht wird.

An jenem Spätnachmittag ist Thanasis mit Sonia und den Kindern an einem wasserreichen Acker. Thanasis hat das Wasser bei der Reihe, wo die Bohnenpflanzen sind, reinfließen lassen, jede Reihe, eine nach der anderen. Sonia ist mit Unkrautzupfen beschäftigt, der kleine Konstantin, so müde vom Spielen im klaren, frischen Wasser die ganze Zeit, ist unter den dicken Schatten der Blätter des Feigenbaums auf einer Wolldecke eingeschlafen. Die kleine Anna spielt sorglos und singt Kinderlieder, auf einmal ist sie ruhig geworden. Erschrocken schreit sie nach ihrem Vater. Da, wo der kleine Konstantin selig, ruhig schläft, ist ein Schlange auf das Kind gekrochen, sie hat sich auf seiner Babyhand geschmeidig hingelegt. Das sieht Thanasis, mit dem Ende seiner Sichel als Haken hat er die Schlange geschickt von der Hand des Kindes weggezogen. Der Kleine schläft weiter und hat von alledem nichts mitbekommen. Sonia steht erschrocken, aber sie lässt keinen Ton los, aus Angst um ihr Kind. Die Arbeit auf diesem Acker ist getan, der Maulesel ist gesattelt und die Kinder sind auf den Sattel des Tieres gesetzt worden, und so geht es ab nach Hause. Die kleine Anna ist gleich vom vielen Geschaukel eingeschlafen. Sie war die ganze Zeit an der frischen Luft und plantschen im klaren Wasser. Auf dem Weg zum Dorf kommen sie durch einen kleinen Bach, ein klares, etwa lauwarmes Wasser. In diesem Bach sind weiße Felsen. Sonia und Thanasis setzen sich auf diese Felsen und lassen ihre Füße hängen. So ruhen sie sich auf diesen warmen, großen Steinen aus, sie sind wie eine Art Brücke zum gegenüberliegenden Ufer, die nackten Beine sind jetzt nicht mehr so müde. Die zwei schauen sich direkt in die Augen, glücklich nehmen sie wieder den steilen Weg nach Hause.

Es geht Richtung Abend, im Stall ist noch viel Arbeit zu tun, es muss alles getan werden. Thanasis lässt seine Sonia ausruhen und erledigt die ganze Arbeit. Fofo bereitet das Abendessen, hat Sonia doch vom Acker die ersten grünen Bohnen mitgebracht. Es ist das Essen für morgen. „Mama", sagt Sonia zum Fofo, „Dieses Jahr sind auch die Olivenbäume gut gefüllt, es gibt im Herbst gutes Öl, die Äste der Bäume hängen von der vielen Fruchtlast."

Es ist Abend geworden, Sonia ist hochschwanger und so unbeweglich, aber der kleine Konstantin will, dass Mama ihn auf den Arm nimmt. Sie sitzt auf der Bank und so kann sie ihn im Arm haben.

Ende August hat Sonia ihr drittes Kind zur Welt gebracht, einen Jungen.

„Was sagst du, Thanasi, willst du, dass wir den Kleinen Jannos nennen, der Name meines Vater?", sagt Sonia zu ihrem Mann. „Ja, es ist gut so." Oma Fofo weint vor Freude. Sonia stillt den Kleinen und singt mit ihrer schönen Stimme, wie einst auch ihre Mutter.

Jetzt ist auch für den Tabak Erntezeit, im Sitzen arbeitet Sonia, streckt die Füße aus und legt das Baby darauf, so kann sie ihn im Auge haben und nebenher arbeiten.

Draußen stürmt der erste kalte Wind, es ist eilig, alles muss fertig sein bevor der Winter richtig kommt. Holz her, wie lang wird er sein und wie kalt!

Die heiligen Weihnachtstage kommen wieder, es ist für alle nicht leicht, aber für Fofo besonderes, sie versinkt in die Erinnerung an jene gesegneten Zeiten, aber sie hat ein großes Geschenk, die Enkelkinder. Sie sind ein Sonnenschein und Freude in ihrem Leben. Auch Lenio ist mit dem kleinen Taso für die Festtage gekommen, irgendwie, für kurze Momente, werden die harten Schicksalsschläge vom Lachen und den Stimmen der Kinder überdeckt, das Haus ist voll Leben!!

Ihr Mutterinstinkt weiß ganz genau, dass ihr Panagi lebt, wenn es ihm nur gut geht. Ihre Augen sind ständig auf der Straße, sie wartet, ob sie ihn von irgendwoher, irgendwie, auf irgendeiner Straßenecke kommen sieht, ihren guten Jungen!

Am Tag des Heiligen Johannes hat sie sich warm angezogen und geht an Jannos' Grab. „Ich habe dir vieles zu sagen, mein Jannos." Heute ist sie schon lang geblieben, sie fühlt sich gut in seiner Nähe und wenn sie nach Hause geht, ist sie erleichtert. Gegen Abend sind die zwei Freundinnen gekommen, es wird geschwätzt über die guten, alten Zeiten, es hört sich alles an wie im Märchen.

Heute hat Fofo auch Mparpa Kostis auf dem Weg zum Friedhof getroffen und sind sie dort gemeinsam angekommen. Er ist allein, vor drei Jahren ist seine Frau gestorben. Kostis ist von den Leuten, die damals aus Konstantinoupoli angekommen sind, er hat drei Töchter, die in der Stadt verheiratet sind, er will nicht da hin gehen und für immer dort wohnen. Hier im Dorf kann er, wann er will ans Grab seiner Frau gehen. „Als junge Kerle sind wir aus der Heimat hierhergekommen, echte Burschen. Jetzt mit den Jahren sind die grauen Haare immer mehr und die Falten im Gesicht sind auch ganz schön viel. Dort war es nicht erlaubt, dass wir zur Schule gehen oder unsere Sprache sprechen, das bisschen haben wir geheim von den Mönchen gelernt, ein wenig lesen, schreiben und irgendwie unsere Namen zu schreiben. Die Kirchenlieder kann ich alle auswendig, ich habe sie von jenen Mönchen gelernt. In einem Viehstall haben wir die drei kleinen Kinder getauft. Papa-Thaki weiß alles, aber Papa-Dimos und die anderen Frauen nicht, sie können das nicht glauben.

Ich bin Jannos so dankbar, dass er danach energisch dafür gesorgt hat, dass die Kinder alle zur Schule kommen, Gott habe ihn selig. Auch Papa-Dimos, sie haben sich auch für eine Abendschule für Erwachsene eingesetzt, dass wir auch was lernen.

Ich habe viel gesprochen, es ist Zeit, dass ich nach Hause komme." So haben sich alle Gute Nacht gesagt und sind gegangen. Draußen bläst ein leichter, kühler Wind. Es wäre ein Wunsch von allen, dass es regnet, es ist eine große Trockenheit. Für das Vieh wird es schwer, mit leichter Unterhaltung sind alle nach Hause angekommen.

Das Allerjüngste von Sonia ist jetzt acht Monat alt, mit einem Wiegenlied auf ihren zarten Lippen und mit der feinen Stimme ist es in ihrem Arm eingeschlafen. Mit einem Blick voller Zärtlichkeit schaut sie mit mütterlicher Fürsorge auf das Kleine. Unersättlich streichelt sie die kleinen Hände, wie die Zeit vergeht! Behutsam legt sie das Kind in seine Wiege, in dieser Wiege hat sie auch als Baby geschlafen, so wie auch ihre Geschwister und die anderen zwei Kinder von ihr. Die große Petroleumlampe ist gelöscht, der Docht der anderen ist nach unten gedreht, sodass im Haus gedämpftes Licht ist.

Seit einigen Tagen ist Sonia schwach, Thanasis macht sich Sorgen. Mit einem Blick voller Liebe beobachtet er sie.

„Meine Liebste, es ist gut, wenn du zum Arzt gehst, in der letzten Zeit mach ich mir Sorgen." Sonia will ihn nicht beunruhigen, es wird wieder. Mit der Zeit wird Sonia immer weniger, Mama Fofo bittet für ihre Tochter.

Eines morgens bereitet Thanasis die Pferdekarre vor, um mit seiner Sonia zusammen in die Stadt zum Doktor zu gehen. Nach den Untersuchungen bekommt sie Medikamente. „Du sollst aufpassen und nach zwei Wochen wiederkommen."

Mit einem unruhigen Gefühl sind sie zurück nach Hause gefahren, auf dem ganzen Weg hat keiner ein Wort gesagt.

Fofo hat ungeduldig gewartet, sie hat sich alles in Ruhe angehört. „Mein Gott, was ist das wieder? Bitte gib mir keinen Schmerz mehr, ich bin müde, meine Schultern sind schwer geworden, ich bin nach vorn geneigt, viel Last und Schmerz habe ich ertragen bis jetzt."

Nach der ganzen Aufregung geht Fofo in ihr Zimmer, sie will niemanden sehen, sie hat Angst vor sich selbst, vor ihren eigenen Gedanken!

Am folgenden Tag sagt Thanasis: „Ich bitte dich, meine liebste Oma, in zwei Wochen gehen wir wieder, mit Gottes Hilfe!"

Fofo hat sich etwas beruhigt, mit einem großen Besen fegt sie den Hof. Ein Besen, der aus den Büschen gemacht wurde, die sie alle zusammen im Frühling an den Berghügeln gesammelt haben.

Sonia sieht etwas besser aus, Fofo beobachtet sie heimlich mit großer Sorge. Wie sie sich gefreut hat, wenn sie ihre Tochter mit Thanasi Hand in Hand gesehen hat, damals.

Die Familie macht sich eines Nachmittags zurecht für einen Besuch bei Papa-Thaki. Unterwegs treffen sie Stathis, Thanasis bleibt stehen, um seinen Bruder zu grüßen. In dem Moment, in dem er sie gesehen hat, runzelt er seine halbgrauen Augenbrauen und geht auf die andere Seite der Straße, das ist sein normales Verhalten, jedes Mal, wenn er zufällig Sonia im Dorf trifft. Thanasis beißt die Zähne zusammen, aber sagt kein Wort, Sonia drückt ihm die Hand und flüstert etwas an sein Ohr, er schaut ihr in die Augen. „Du hast Recht", sagt er nur und sie gehen ihren Weg weiter, wie wenn nichts geschehen wäre.

Sonia muss wieder zum Arzt, seit ein paar Tagen ist sie schlecht drauf. Thanasis geht mit einigen Tieren seiner Herde in die Stadt, um sie zu verkaufen, um die Kosten für den Arzt und die Medikamente für Sonia zu decken.

Der Arzt in der Stadt sagt, sie sollen nach Thessaloniki gehen und so taten sie es. Als sie beim Arzt fertig sind, geht Thanasis mit seiner Sonia zu Lenio, sie hat sich gefreut über die schöne Überraschung. Zusammen mit dem kleinen Taso sind zu einer Kaffeteria gegangen, es ist eine lustige und freundliche Clique. In einem Moment fragt Lenio: „Meine liebste Schwester Sonia, was hast du für einen Kummer, etwas bedrückt dich." Thanasis hält das für eine unangenehme Sache, es ist für eine kurze Zeit Stille, sie hatten sich für eine Weile nichts zu sagen!

Mit den neuen Medikamenten geht es Sonia etwas besser, aber nur für kurze Zeit. Ihr schönes blaues Kleid aus Seide mit den kleinen weißen Blumen kann sie nicht mehr anziehen, so sehr hat sie abgenommen, sie ist verloren da drin. Thanasis macht sich große Sorgen, er gibt sich Mühe es nicht zu zeigen. „Was soll ich tun?", sagt er zu sich, wenn er allein ist.

An ihren Ohren hat Sonia die schöne Ringe, es sind die Goldmünzen, das Geschenk ihrer Mutter zur Verlobung, was für glückliche Tage! Das wunderhübsche Gesicht Sonias ist, seit sie so abgenommen hat, klein geworden, ihre Augen haben ihre jugendliche Ausstrahlung verloren. Fofo gibt sich Mühe, gute Laune zu haben, so sehr sie eben kann.

Morgen ist der zwanzigste Juli, ein großer Tag und ein Fest in der Kapelle des Heiligen Helias. Die Familie macht sich auf den Weg, die Kinder sind in ihrem Element, mit dem alten Karren lachen, singen und schreien sie. Sie sind mit Lenio und dem kleinen Taso, mit der ganzen Clique, zum Fest gegangen. Oma Fofo kauft für ihre vier Enkelkinder Trillerpfeifen aus Ton und in Form eines Wasserkruges, es ist ein Aufstand und die Gegend ist gefüllt von Kinderlachen und Geschrei. Alle kehren müde von diesem schönen Tag nach Hause zurück. Sonia ist auf der Pferdekutsche beim Stillen des kleinen Konstantin eingeschlafen vor Müdigkeit mit dem Kind auf ihrem Arm. Thanasis deckt sie mit einer Wolldecke ganz behutsam zu und schaut sie an mit einem tiefen Blick voll zerreißender Liebe und einem etwas traurigen und bitteren Nachgeschmack.

Nach einigen Tagen hat Thanasis wieder Vieh zum Schlachthof zum Verkaufen gebracht, sie brauchen Geld für Sonias Krankheitskosten. „Ich bitte dich", sagt Sonia, „Lass es gut sein, mir geht es nicht gut, ich werde sterben, das ist schlimm für unsere Kinder, aber wenn du so verkaufst, werden die Kinder auch verhungern." Thanasis will das nicht hören, Fofo verbirgt ihre Tränen, sehr oft ist ihr Herz so hart, dass sie kaum weinen kann!

Thanasis und Sonia gehen nach Thessaloniki, sie bleibt zwei Wochen, es geht ihr besser und sie kommt zurück ins Dorf. Ihre Freude ist unbeschreiblich, sie umarmt ihre Kinder mit Freude und Lachen in den Augen, nur der Allerjüngste, Konstantin, verfremdet sich, er weint und geht nicht zu ihr. Sonia senkt ihren Blick, um die Tränen zu verbergen, etwas blass und müde geht sie schlafen. Thanasis wird immer schweigsamer, er sucht die Einsamkeit, geht nicht unter die Leute, er versucht, so oft wie möglich bei seiner Sonia zu sein. In wenigen Wochen gehen ihre Medikamente zu Ende, Sonia gibt ihm einen ihrer Ohrringe, es ist reines Gold. Er geht zum Juwelier, gibt ihn her und bekommt Geld für die Medikamente. Der andere goldene Ohrring ist versteckt unter dem Kragen seines Sakkos und so hat er seine Sonia immer bei sich!

Vor dem Fenster steht Fofo und beobachtet gegenüber auf der anderen Seite ihren Obstgarten, da ganz zum Schluss sind die zwei alten Akazienbäume, die sind noch voll mit Blumen. Diese Bäume haben vieles gesehen und erlebt, viele glückliche, erfreuliche, auch schlimme Tage in diesem Haus, wenn sie reden könnten, dann hätten sie sehr viel zu sagen. Sie haben sehr oft Fofo weinen gehört, allein über den Verlust ihrer Liebsten, Jannos, und ihren Sohn, von dem sie immer noch nicht weiß, wo er sich befindet!

Mit den Jahren sind diese Bäume alt geworden, dennoch füllen sie jeden Frühling den ganzen Ort mit ihren bezauberndsten Blumen, Aromen und Wohlgerüchen.

„Mein Gott, ich weiß nicht, wird meine Sonia diese Bäume sehen können, nächstes Jahr, wenn sie wieder blühen?"

Es ist dunkel geworden, Zeit zum Schlafen, mit diesen Gedanken versucht Fofo einzuschlafen.

Ein guter Freund von Thanasi ist Chefarzt beim städtischen Rotes-Kreuz-Krankenhaus in Athen. Er ist für einen Besuch zu seinen Eltern gekommen und hat auch Thanasi besucht. Der gute Freund hat gleich verstanden, dass er Kummer und Sorgen hat. „Meine Sonia ist schwer krank." „Ich weiß. Liebe Sonia, wenn ich zurück nach Athen gehe, nehme ich dich in das Krankenhaus mit." Sie ist einverstanden.

Die Stunde ist gekommen, Sonia verabschiedet sich von Freunden, Nachbarn, Verwandten und Schwestern, auch von ihrer Mutter. Mit Tränen in den Augen drückt Fofo ihre Tochter Sonia, Sonia drückt ihre Kinder und erstickt sie fast, noch mehr das Kleine. „Mein Thanasi, gib Acht auf die Kinder, besonders auf den Kleinen, den Jannaki!" „Mutter Gottes sei mit dir, meine Tochter", sagt Fofo. Sonia will ihren Kleinen nicht aus dem Arm hergeben. Die Älteste, Anna, zieht das Kleid ihrer Mutter. „Mama, wo gehst du hin, Mama, hast du uns nicht mehr lieb?"

Dieses kleine Geschöpf hat Angst, vielleicht hat Mama, diese, unsere Mama, uns nicht lieb. Konstantin hält sich an der Hand von Sonia fest und sagt: „Ich verspreche dir, Mama, ich werde ein braves und gutes Kind sein! Geh bitte nicht weg, ich bitte dich!" Diese wenigen Wörtchen des Kleinen machen den Abschied noch schwerer für diese Mutter, sie hinterlässt drei kleine Kinder, eine grauhaarige, von den vielen schweren Schicksalsschlägen im Leben verbitterte Mutter, einen noch jungen Ehemann, ihren Thanasi. Er sagt kein Wort, seine große Liebe geht weit weg, sehr weit, er weiß gut, es ist vielleicht das letzte Mal, vielleicht kommt sie nicht mehr, aber er verliert die Hoffnung nicht. Sie umarmen sich, Oma Fofo, Thanasis, Lenio, Ntina und die drei kleinen Kinder von Sonia, alle zusammen!

Der letzte Moment, sie steigt in das Auto, alle schauen in die Richtung bis an den Horizont, bis das Auto nicht mehr zu sehen ist. Es ist nicht mehr zu sehen, aber Thanasis mit dem kleinen Konstantin auf dem Arm schaut weiter in diese Richtung. „Mein unglückliches Baby", sagt er und geht ins Haus, der Kleine ist müde vom vielen Weinen und ist gleich eingeschlafen. Im ganzen Haus ist eine komische, gespenstischee Ruhe, eine beängstigende Ruhe!

Die Kinder sind alle im Bett, Thanasis und Fofo sitzen wortlos mit geduckten Köpfen für ein Weile. Sie versuchen einzuschlafen, Fofo dreht sich die ganze Nacht in ihrem Zimmer, Thanasis sitzt auf seiner Bettkante, er traut sich nicht, sich hinzulegen.

„Mein Allmächtiger, gib uns allen Kraft!"

So wie die Zeit vergeht, wird das Gesicht von Fofo härter, sie geht jeden Abend ans Grab ihres geliebten Jannos. Sie will keinen Menschen treffen, sie schimpft mit ihm, weil er sie alleine gelassen hat, in diesen schweren Momenten ihres Lebens. „Ah, wenn du könntest, hättest du meine Hand gehalten und mir so Courage gegeben, wem soll ich meinen Schmerz sagen? Nur hier bei dir kann ich meine Probleme sagen, auch wenn ich gar nichts sage, du verstehst mich dennoch."

Jeden Morgen, wenn sie aufsteht, sind die kleinen Enkelkinder ihr erster Gedanke. Hier im Dorf und Taso in der Stadt, das Kind von Lenio.

Die alte Dame Nasli ruft ihre Enkelin, ein siebzehnjähriges Mädchen. „Komm her, mein Augenlicht, mach dich bereit, wir gehen zu Fofo, so ein kurzer Besuch. Es ist nicht weit, aber ich möchte dich bei mir."

An einer Hand ihr Stock, an der anderen Seite stützt sie sich an ihre Enkelin und sie gehen langsam zu Fofo. Sie hat ihre Jahre, aber mit ihren achtundachtzig ist sie noch gut flott und vital.

Frau Fofo hat sich gefreut, als sie ihre liebe Freundin gesehen hat. Beim Kaffee trinken sitzen die zwei alten Damen und erzählen sich ihre Sorgen und Nöte.

„Meine liebe Freundin, Gott ist groß, es wird wieder mit deiner Sonia, verliere die Hoffnung nicht." Fofo ist untröstlich, sie schimpft und streitet mit ihrem bösen Schicksal.

„Bitte Gott, nimm mich, ich habe meine Jahre, und lass Sonia, sie ist noch ein junges Mädchen, gerade dreißig Jahre alt und Mutter von drei kleinen Kindern. Was wird aus ihnen? Der unglückliche Thanasis? Er ist ein junger Mann, gerade dreiunddreißig Jahre alt, sag mir du, meine Nasli, ist das Gottes Gerechtigkeit? Ich sündige, es ist mir klar, mein Gott, verzeihe mir, Mama bin ich und sehe meine Tochter, die auch Mutter ist mit drei kleinen Kindern.

Anna, die älteste ist gerade sechs Jahre alt, geht in die erste Klasse, sie ist ein intelligentes Kind, die Beste in der Klasse und der Janni ist ein Baby, gerade einenhalb Jahre alt! Ich weiß nicht, was ich machen soll!" Der kleine Konstantin spielt in der Nähe und spricht zu sich selbst.

„Liebe Oma, gestern Abend habe ich den lieben Gott gebeten, dass er meine Mama wieder bringt, ich sag es dir, Oma, ich werde ein braves Kind sein!" Frau Nasli versucht, die Tränen zu verbergen. Nach dem Geschwätz haben sich die zwei Omas mit Umarmungen und Küssen verabschiedet, sie haben zusammen viele gute und nicht gute Jahre in ihren Leben verbracht!

Am folgenden Tag ist der Himmel bewölkt, Anna ist unruhig. Der Lehrer hat gesagt, wenn schönes Wetter ist, machen sie einen Tagesausflug. Es ist nicht so geworden wie erwartet. „Sei nicht traurig, meine Kleine", sagt Oma Fofo, „In den nächsten Tagen ist bestimmt wieder gutes Wetter und dann wird der Ausflug stattfinden." Oma Fofo kann es nicht sehen, wenn ihre Enkelkinder traurig sind, sie haben es nicht leicht, wo ihre Mutter so weit weg ist!

Am Mittag kommt Anna von der Schule, ihr Geschrei ist schon von Weitem zu hören. Mit ihrem reinen Kindergeschrei ist ein Aufstand im Haus. „Oma, Oma, schau hier, der Lehrer hat mir eine EINS in mein Heft gegeben!" Mit ihren herumfliegenden Zöpfen und ihren schönen Fransen an ihrer Stirn strahlt Anna vor Freude. Dieses klare Kindergesicht ist es, das Fofo Kraft und Mut gibt, sie nimmt sie in den Schoß und küsst sie zart auf das kleine Kinderköpfchen!

„Mutter Gottes sei mit dir, mein Schatz", sind ihre Worte zu ihrer Enkelin. Den kleinen Jannaki nimmt sie auf den Arm und geht zu Frau Kiky, sie hat auch ein Baby im selben Alter wie Konstantin.

„Ich bitte dich, Frau Kiky, du hast viel Milch, kannst du, wenn du willst, meinen Kleinen auch stillen?" Frau Kiky hat Jannaki an die Brust genommen und ihn gestillt. Frau Fofo bedankt sich und bereitet sich vor, nach Hause zu gehen. Frau Kiky sagt: „Liebe Frau Fofo, es ist gut wenn du den Kleinen jeden Tag herbringst." Und so ist es geschehen. Sie tritt den Weg nach Hause mit dem Kopf nach unten an, sie hofft, dass sie niemanden auf dem Weg treffen wird. Sie hat Glück.

„Mein gutes Kind." Sie umarmt ihn mit einer herzzerreißenden Liebe, mit dem Instinkt eines wilden Tieres, das Angst hat, jemand könnte seine Kleinen rauben.

Zu Hause spielt Thanasis mit den anderen Kleinen. Konstantin geht noch nicht zur Schule, aber er fragt immer Anna nach etwas zum Lernen. Anna behauptet in ihrer kindliche Fantasie, sie sei wichtig und protzt mit dieser Kindesnaivität: „Der Lehrer hat mir wieder eine Eins in mein Heft gegeben!"

Am folgenden Tag bringt der Briefträger einen Brief für Thanasi, er ist von Sonia.

„Mein Liebster, du kannst es dir nicht vorstellen, wie ich an dich denke. Es vergeht keine Nacht, in der ich nicht von euch träume, oft, sehr oft auch mit offenen Augen. Mir kommt es vor, wie wenn ich die Stimmen und das Lachen der Kinder höre. Pass auf meine Kinder auf, am meisten auf unseren Kleinen. Mit viel Liebe und mit meinen Gedanken immer bei euch, ich küsse euch alle, deine Sonia!"

Nachdem er ein paar Mal den Brief gelesen hat, sagt Thanasi zu Oma Fofo: „Wenn in den folgenden Wochen die Arbeit am Land weniger wird, gedenke ich, für ein paar Tage nach Athen zu gehen. Meine Sonia wird sich freuen und ein bisschen Unterhaltung wird ihr gut tun."

„Du kannst ruhig gehen, ich bin hier bei den Kindern, das ist dir klar."

Am nächsten Tag nimmt Fofo den Weg und geht in die Stadt. „Es ist lange Zeit her, seit ich meine Tochter und mein Enkelkind gesehen habe." Die Tochter Ntina ist für die Kinder und das Haus da, Fofo kann ruhig lange bleiben, die Kinder sind so brav.

Sie bindet ihr schwarzes Seidenkopftuch um ihre Haare, die Schürze aus Filz mit dem breiten, fein gestickten Band um ihre Hüfte und die schwarze Schärpe auf ihre Schulter und nimmt die Straße zur Stadt. Ntina beobachtet von Weitem ihre Mutter, was für eine Frau! Sie läuft mit einem graziösen Gang, damenhaft und gleich sichere, stabile Schritte. Sie verschwindet am Ende der Straße Richtung Stadt. „Ah, meine gute Mama, wie viel Gewicht werden deine zarten Schultern noch tragen?!"

Mama Fofo ist einige Tage bei Lenio, sie ist noch ein junges Mädchen und schon Witwe, zum Glück hat sie gute Schwiegereltern, aber mit Mama kann man besser reden. Das Kleine ist auch gerade zwei Jahre alt, er wird seinen Vater nicht kennen lernen, das sind alle Gedanken und Sorgen von Fofo. Heute ist auch ihr Bruder Antonis vom Nebendorf angekommen. „Meine gute Schwester, Herz, gequälte Fofo, wenn ich nur deinen Schmerz wegnehmen könnte." Seine Frau hat ein Paar schöne Schuhe, modern, dunkelbraun mit Schnüren, Lack glänzend. „Extra für dich, meine Beste, mit einem kleinen Absatz!" Das war es, mit diesem besonderen Geschenk lacht Fofo. Antonis beobachtet die zwei mit einem fürsorglichen, brüderlichen Blick. Sie sind den ganzen Nachmittag zusammen und danach sind sie nach Hause gegangen. Auf dem Weg sagt Antonis kein Wort, als sie zuhause angekommen sind, sagt er zu seiner Frau: „Dein Geschenk war eine großartige Idee, meine Schwester Fofo hat gelacht, wie haben diese schlimmen Probleme sie verbittert, der Tod von Jannos, die Trennung von Panagi und jetzt Sonias Krankheit." Antonis hat seine Schwester lange Zeit nicht gesehen, ihr Gesicht ist hart und kalt wie Marmor, irgendwie zornig und verbittert. „Lieber Gott, gib ihr Kraft und Geduld!"

Fofo ist einige Tage bei Lenio geblieben und dann ist sie wieder ins Dorf zurückgekehrt. Von Weitem schon, an jener Straßenwendung, an der eine kleine Kapelle vom Heiligen Georgius zu sehen ist, haben die Kinder sie erkannt. Sie warten mit Geschrei, ihre Augen waren immer auf der Straße. Die Freude ist unbeschreiblich, die Kleinen lassen Oma nicht einmal hinsetzen. „Oma ist wieder da, Oma, Oma! Ja, Oma du gehst nicht mehr weg!", sprechen und lachen alle zusammen.

KAPITEL SECHS

Thanasis geht jetzt, wo Oma wieder zu Hause ist, in die Stadt, verkauft die Goldmünze und jetzt hat er Geld und kann zu seiner Sonia. So allein unterwegs spricht er zu sich. „Ich will zu dir, meine Liebste, zu dir", und er weint und schluchzt, um so sein Herz zu erleichtern. Mit Tränen in den Augen schaut er zum Himmel. „Du Allmächtiger, gib mir Kraft, ohne Fofo bin ich verloren, sie ist immer bei den Kindern in diesen schwierigen Tagen, die ich durchgehe." Am folgenden Tag ist er unterwegs zur Stadt und von da nach Athen, er geht zu seinem Alles, seiner Liebsten. Wie er sie vermisst! Sein Weg geht an jenem Hügel vorbei, an dem großen Acker von Zelinga Jannos, der Acker ist rundherum mit Silberpappeln bepflanzt. Die hat Jannos gesetzt, nur einige Jahre vor dem grausamen Mord. Wer hätte es denken können, damals, was für schlimme, schwierige Zeiten auf Fofo und die ganze Familie zukommen? Diese großen, elegant aussehenden Silberpappeln biegen sich leicht, so wie der frische Wind durch die Äste eilt. „Ich schaue euch an und beneide euch", sagt Thanasi zu den schönen Bäumen, „Ich gehe zu meiner Sonia, die sooo weit weg ist. Wie mein Herz sie verlangt, meine Augen, meine Seele, ich werde sie von euch grüßen." So spricht er und läuft den Weg ganz allein, wer kann ihn verstehen, wie er sich fühlt? Niemand, niemand kann wissen, wie groß seine Liebe zu seiner Sonia ist, die Mutter seiner Kinder! Er ist in der Stadt angekommen, von da hat er eine Verbindung Richtung Athen, er war so müde. Er macht die Augen zu und ist sofort eingeschlafen, irgendwann ist er aufgewacht.

„Einen schönen Traum hast du geträumt", sagt das eine, mittelalte Paar, das auch im selben Abteil war, „Du hast so glücklich gelacht."

„Ja, aber es war nur ein Traum, wie schön, wenn das wahr sein könnte. Meine Sonia und ich sind Hand in Hand lachend gerannt in dieser traumhaften Landschaft, in den Hügeln des Dorfes."

Er kann sich nicht mehr beherrschen, er bricht in lautes Weinen aus, so wird sein Herz erleichtert, sein Schmerz ist schwer und seine Verantwortung seinen Kinder gegenüber ist ein höchstes Muss! Der Abstand ist weit von Thessaloniki bis Athen, er kann es kaum erwarten, bis er ankommt, zu seiner Sonia zu gehen und sie fest in seine Arme zu drücken! Gleich, als er am Bahnhof angekommen ist, nimmt er die Verbindung zum Krankenhaus. Sonia hat ihn erwartet, sie freuen sich, lachen, weinen, umarmen.

„Sag mir, was machen die Kinder? Was macht der Kleine? Die Kinder unter deiner Aufsicht, am meisten der Kleine?", sagt Sonia.

Thanasis nimmt seine Sonia an der Hand und sie gehen draußen im Hof ein bisschen spazieren, zärtlich hält er ihre Hand. Wie mager sie geworden ist, ihr schönes Gesicht, bleich und traurig, er schaut sie an mit der ganzen Sehnsucht seines Herzens. Er zerspringt von so einer Liebe und dem Verlangen seiner Seele, er spricht ununterbrochen über die Taten der Kinder und gibt sich Mühe, sie zum Lachen zu bringen, sie schaut ihm dauernd in sein Gesicht mit diesen schönen, etwas trüben Augen, wo ist diejenige jugendliche Ausstrahlung, das freche, lebendige, süße Lachen? Sie gibt sich Mühe, will seine Gedanken lesen. Sie sitzen umarmt auf einer Bank, ohne ein Wort zu sagen. Unten, auf der Erde, sind Ameisen auf ihrem Weg, vollgepackt gehen sie den weiten Weg in ihr Haus. Alle Wesen haben ihren Platz und ihre Aufgabe, so ist das Gesetz der Natur!

Hand in Hand gehen sie in Sonias Zimmer, er küsst sie, sagt Gute Nacht und geht in sein Hotel. Thanasis ist fünf Tage in Athen geblieben, jede Minute hat er mit seiner Sonia verbracht, wer weiß, was für Überaschungen das Leben noch bringt! Er umarmt diesen abgemagerten Körper und drückt sie leicht an sich, und dann nimmt er den Weg zurück. Auf dem ganzen Weg hält er das Taschentuch von Sonia fest in seiner Hand, mit dem sie ihre Tränen abgewischt hat. Er hat ihr gesagt, sie solle nicht weinen, aber er weinte selber. Er ist aus ihrem Zimmer rausgegangen und hat laut zu weinen begonnen, die Passanten drehen sich um, schauen ihn erstaunt an, andere lachen, andere schütteln den Kopf, das alles stört Thanasi nicht, er hat seinen Schmerz!

Schweres Herzens nimmt er den Rückweg. „Was sage ich den Kindern, Fofo und allen Bekannten und Freunden?" Er hat seine Sonia zurückgelassen, eine kranke Sonia, alleine an einem fremden Ort. Diese bleichen Hände, abgemagert, knochig wie ein leicht zerbrechliches Holzstäbchen, er kann das Bild nicht aus den Augen und aus seinen Gedanken wegbringen, er sieht sie, wie sie nach ihm tasten. Ihre hellbraunen Haare decken ihr zartes Gesicht und den immer noch schönen Hals, auf seinem ganzen Weg hat er den traurigen Abschiedsblick vor sich, die mit Tränen gefüllten Augen. Die Straßen in die Großstadt sind mit eiligen Passanten gefüllt, viel Krach und Geschrei. Thanasis ist allein mit seinem Schmerz und Sorgen mittendrin in dieser Menschenmenge! „Meine gute Sonia, Einzige, meine große Liebe, wie kann ich dich hier alleine lassen?"

Er streitet mit sich. „Wieso kann ich nicht helfen?" Er kann seine Gedanken einordnen, er versucht sich zu beruhigen. „Thanasi", sagt er zu sich, „Deine Kinder brauchen dich."

Als er in seiner Stadt angekommen ist, geht er zu Lenio. „Wie soll ich in das Dorf gehen, was sage ich? Meiner Sonia geht es gut? Die Kinder möchten wissen, wie es der Mama geht."

Es ist wie es ist, er geht zum Dorf, von Weitem noch hat er sich auf einen Fels gesetzt und schaut zum Dorf rüber. „Dieses kleine Dorf, das schöne Dorf, wo ich so viele glückliche Tage zusammen mit meiner Sonia hatte, jetzt komme ich allein zurück." Am Haus auf der Veranda sitzt Fofo mit aufgelöstem grauem Haar und Ntina kämmt mit einem Kamm behutsam die Haare ihrer Mutter. Sie sagen kein Wort, eine Ruhe ist im ganzen Haus, irgendwie erschreckend. Nur der Hund grüßt Thanasi mit seinem Bellen. Er setzt sich neben die zwei Frauen, still. Was soll er sagen, es gibt keine Worte.

Er geht zu seinen Kindern, die kleine Anna zeigt stolz ihr Heft mit der sehr guten Note, Konstantin und der Allerkleinste umarmen ihren Vater, sie haben Angst, es könnte sein, dass er wieder fortgeht. Das Lachen der Kinder besänftigt seinen Schmerz:

Manisch stürzt er sich in die Arbeit, spricht kein Wort mit niemandem. Stundenlang sitzt er allein. Fofo versteht ihn sehr gut, sie schaut ihn nur an, streichelt sein Hand mit mütterlicher Zärtlichkeit. Fofo und Thanasis kommen gerade vom Friedhof.

„Ah, liebe Oma, was wären wir ohne dich." Fofo umarmt ihn.

„Du hast die Mutter deiner Kinder und ich habe meine Tochter und die Mutter meiner Enkelkinder verloren. Warum? Ich weiß es nicht, nur Gott weiß es!"

An einem Tag sitzt er allein an der unteren Stufe vor dem Haus, er schaut den Jasminen zu, die begonnen haben, ihre Blätter zu werfen, die Rosen und die Basilikumpflanzen in den Töpfen sind verwelkt, niemand hat Interesse und ein Auge, um auf sie zu sehen. Die Familie ist mit den Gedanken beim Verlust von Sonia. Fofo ist unterwegs, sie geht den Pfad, den ihr Jannos ging, sie will keinen Menschen treffen, alleine mit diesen Vögeln, den Bienen, und warum nicht auch mit den Mücken? Sie sind alle Gottes Kreaturen, leben, nur ihre Sonia nicht, warum?

Nach langem Laufen kommt sie nach Hause, sie nimmt den anderen Weg, geht den steingepflasterten Weg, da ist auch eins von ihren Feldern. Darauf sind diese Granatapfelbäume, mit dem zuckersüßen Obst. „Jeden Herbst sind die Töchter zum Lesen da gewesen, jetzt ich gehe allein vorbei, meine Sonia wird nicht mehr an diese Bäume kommen, nicht mehr lachen mit ihrer klaren, sorglosen Stimme, die mit ihrer Naivität und Leichtigkeit alle zum Lachen gebracht hat."

Die Dunkelheit ist eingebrochen, Zeit nach Hause zu gehen, nach Hause, wo ihr alles so bekannt ist und trotzdem zu eisig, zu leer, zu uninteressant!

Die Jahre vergehen, Fofo stürzt sich mit Wut im Bauch in die Arbeit und sorgt für die Kinder, unter ihrem Kopftuch verbirgt sie ihre grauen Haare. Beim Zuschauen, wie Anna wächst, wird sie ihrer Mutter immer ähnlicher. Schlau in der Schule, freundlich, nett, auch ihr Gang ist so wie der ihrer Mama war.

Fofo hat aber besondere Liebe für den kleinen Janni.

„Das arme Geschöpf hat nicht einmal Mama sagen können, was für ein Schicksal wird er in seinem Leben haben, wenn er schon im Babyalter seine Mama verliert? Hoffentlich wird es gut gehen."

„Die Jahre vergehen, die Kinder wachsen. Ich habe meine Jahre, schau, mein lieber Thanasi, dass du noch eine Frau findest. Du bist noch ein junger Mann", sagt Fofo zu ihrem Schwiegersohn.

„Ah, meine gute Schwiegermama, meine Sonia ist immer bei mir, ich bin nicht allein, jeden Abend unter meinem Kopfkissen habe ich ihr Taschentuch, dass ich damals mitgenommen habe, als ich in Athen war. Und in meinen Träumen ist sie jeden Abend, keine andre kann ihren Platz einnehmen in meinem Herz." Beim Sprechen versucht er, seine Tränen zu verbergen. Wie seine Jugend zerbrochen ist, seit er seine Liebe verloren hat. Thanasis ist ein guter Mensch und ein fürsorglicher, guter Vater für seine Kinder. Fofo ist bewusst, dass für ihren Schwiegersohn das allerwichtigste seine Kinder sind, jetzt, wo alle drei zur Schule gehen. Jedes Kind hat seine eigene Art. Der Verlust der Mutter wird sie in ihrem ganzen Leben begleiten, mit ihrer feinen Art findet Fofo behutsam etwas, das sie den Kindern über ihre Mutter sagen kann, sodass sie nicht vergessen, was für eine gute Mama sie war.

Der kleine Jannakis ist viel zu klein, dass er sich an seine Mutter später erinnern kann. „Armes Kind, Gott stehe dir bei bei jedem Schritt deines Lebens!"

An der Haustreppe sitzt Anna alleine und weint, Fofo kommt, setzt sich dazu und lässt sie eine Weile weinen. Sie hält nur ihre zarte Hand an ihre harte, gequälte, tyrannisierte Hand und als sie aufgehört hat zu weinen, fragte sie: „Was für ein Problem hat die schöne, schlaue, intelligente Enkelin? Warum sind Tränen in diesen hübschen Augen?"

Nachdem sie sich die Augen gewischt hat, schaut Anna sie an. „Oma, weißt du, diese Mädchen wollen nicht mit mir spielen, ich bin ein Waisenkind." Fofo hält die Kleine für einige Minute am Arm und sagt dann zu ihr: „Mein Liebes, diese Mädchen, die so was sagen, sind gottlose Menschen. Mama war krank, sie ist im Himmel und von da oben schaut sie auf uns, sie hat uns alle lieb, hör nicht auf das blöde Gespräch. Du bist die Schlaueste an der Schule, die kommen nicht an dich ran. Deine Hefte sind nur mit EINS, EINS gezeichnet. Die sind neidisch!"

Oma Fofo geht mit ihrer Enkelin an der Hand ins Haus. „Komm her und hilf mir, das Abendessen zu bereiten, so ein großes Fräulein, wie du bist." Mit Spaß, Witz und Humor hat Oma die Kleine zum Lachen gebracht, sie strahlt wieder. Jedes Mal, wenn das geschieht, hat Fofo den Eindruck, Sonia in diesem Alter zu sehen.

Die Mutterliebe, dieses großartige, ungezähmte, primitive Gefühl, das weiß Fofo sehr gut, diese Kinder werden ihr Leben lang darauf verzichten müssen. Sie versucht, so viel wie möglich zu geben, Zärtlichkeit, Liebe, und Zuwendung zu diesen noch zarten, im Leben unerfahrenen Enkelkindern, wer weiß, was die Zukunft noch bringt!

Fofo sitzt auf ihrer Veranda mit Thanasi und Ntina, da sagt Fofo: „Ich habe einen Brief von Panagi bekommen, ich habe ihn gelesen, ihr könnt ihn auch lesen."

Ntina beginnt zu lesen. „Meine liebste Mama und Schwestern, es ist lange Zeit her, dass ihr eine Nachricht von mir bekommen habt. Lang habe ich darüber nachgedacht, ob ich schreiben soll. Ich bin mir sehr, sehr sicher, dass an jenem beängstigenden Abend, als dieses Verbrechen geschah, dass einer von diesen Unmenschen Stefanos war. Der eine mit dem immer bösen Blick, dem kleinen, groben, schweigsamen, finsteren Gesicht. Bei den anderen bin ich mir nicht sicher. Mit diesem Brief geht bitte zur Polizei. Ich versuche, von hier aus nach Hause zu kommen. Ich habe euch lieb, euer Panagis, mit Liebe."

Sie sind eine Zeitlang wortlos und schauen sich gegenseitig an. Fofo sagt: „Es ist ratsam, dass wir zu Papa-Thaki gehen, er ist der einzige Pfarrer im Dorf, seit Papa-Dimos eingeschlafen ist. Er ist fürsorglich, gerecht, vernünftig, ein netter Mensch."

Papa-Thaki liest den Brief und sagt: „Wir sollten zur Polizei gehen, aber wie eben bekannt geworden ist, ist Stefanos vor drei Monaten gestorben, auf jeden Fall müssen wir zur Polizei gehen."

Am nächsten Morgen ist Fofo ganz früh bei Morgenröte am Friedhof, sie hat Jannos was Neues zu sagen. In dieser Nacht hat sie ihn in ihrem Traum gesehen, so nahe, so klar, die zwei sitzen Hand in Hand vor dem Haus. Sie kommt zurück, müde, wie sie ist, hat sie sich auf der Bank in der Küche hingelegt. Ntina hat sie mit einer Wolldecke zugedeckt und geht auf den Balkon. Es kommt ein Taxi und ist von weitem zu sehen. Es kommt jetzt aus der Schlucht heraus und im Dorf an. Ntina schaut direkt, das Taxi kommt vor das Haus, zwei Personen steigen aus, ein sehr nett aussehender Mann mit einer hübschen Frau, sie nähern sich dem Haus und kommen in den Hof, als ob es ihr eigener wäre. „Irgendwie ... dieser flotte Gang, es kann nicht wahr sein! Panagis kommt!", sagt Ntina und lässt ein Freudengeschrei hören, dass Fofo in ihrem leichten Schlaf erschrocken ist. „Mein gutes Kind, was ist los?" Ntina setzt sich zu ihrer Mutter. „Mama, es ist was Erfreuliches, Panagis kommt!" Im gleichen Moment geht die Tür auf und Panagis kommt rein, die Überraschung und Freude der Oma Fofo ist unbeschreiblich.

„Heilige Madonna, ich danke dir!" Das Haus ist gefüllt mit Lachen und Weinen. „Dieses hübsche Mädchen ist meine Frau Marina.", stellt Panagis seine Begleiterin vor.

Ntina hat die unangenehme Aufgabe, die Familienumstände zu erzählen, die schlimmen und die guten Sachen zu sagen. Oma Fofo kann es nicht fassen. „Mein Panagis ist gekommen und so mit ihm auch bisschen Freude in unser Haus!" Sie streichelt und umarmt ihn die ganze Zeit.

„Meine liebe Mama, wie viele Schwierigkeiten und Leid hast du ausgehalten, jede Falte in deinem vertrauten Gesicht ist auch ein Schmerz! Deine Hingabe ist unbeschreiblich."

Es ist lange her, dass sie Richtung Fels gelaufen war, immer alleine, ihren dicken, gestrickten, schwarzen Kopfschal und die schwarze Weste aus Filz zieht sie an und geht aus dem Haus. Sie ist einen weiten Weg gelaufen, geht und setzt sich auf die Wiese, auf glänzende Felsen, noch warm von den Strahlen der Sonne, hell und sauber von den Witterungen, Regen und Schnee, sie gleichen den schneeweißen Haaren von Fofo. Sie setzt sich hin, verschwitzt vom langen Laufen, zieht ihre Weste aus und lässt ihren Blick über die Gegend streifen. Dieser Ort ist ihre Heimat, der Ort, an dem sie viele Jahre mit ihrem Jannos gelebt hat, hier hat sie ihre Familie, Kinder und Enkelkinder. Nach einiger Zeit steht sie auf und geht nach Hause, die Sonne wird müde und geht auch zum Schlafen. Zu Hause haben alle auf sie gewartet, Panagis läuft unruhig hin und her. Ntina sagt ihm: „Mama wird bald kommen."

Sie hat sie überrascht, als sie die Tür aufmachte. Die Kinder riefen: „Oma, Oma!" Panagis hat sich auch entspannt, er ist nicht so vertraut mit den Gewohnheiten seiner Mutter. Nach dem Abendessen sind Fofo und die ganze Familie auf die Veranda gegangen, am Horizont geht die Sonne unter und färbt mit ihren letzten Strahlen die Wolken am Himmel gold bis dunkelrot, eine Farbe wie Flammen. „Morgen wird es windig sein", sagt Panagis, das sagte damals, als er ein junger Kerl war, sein Vater Jannos zu ihm, damals in jenen glücklichen Jahren. Es ist ziemlich dunkel, die Familie geht hinein, jeder sagt Gute Nacht, Guten Tagesanbruch. Panagis küsst seiner Mutter die Stirn, im ganzen Haus ist Stille.

„Ah, meine Sonia, wie ich dich vermisse, unsere Kinder sind gewachsen, Anna ist ein elegantes Fräulein."

Eines Tages sucht Fofo etwas im Lagerraum, wie sie so umwühlt, findet sie einen Stoffsack. Wie ist er ihr vertraut. Damals hat Jannos Käse, Tomaten, ein paar gekochte Eier, Brot, einen geräucherten Hering und eine Flasche Wein gepackt und sie sind zu zweit zu dem Fels gegangen. Nur ein Vollmond hat ihnen zugeschaut. Jannos hat mit trockenen Zweigen Feuer gemacht, sie sind da gesessen bis zur Morgenröte. Es wurde kühl und Jannos legte sein Sakko über die Schultern von Fofo und so gehen sie Hand in Hand nach Hause. Schön, ein unvergesslicher Abend!

Fofo ist in ihre Gedanken versunken, weit weg bei den Jahren mit ihrem Jannos. Erschrocken von Lachen und Kindergeschrei ist sie wieder in die Gegenwart zurückgehrt.

„Ah, ich war lange Zeit nicht hier in diesem Lagerraum."

Der Enkelsohn Taso ist ein strammer Junge geworden, umarmt und küsst seine Oma. „Meine Oma, habe ich dir schon gesagt, dass du die liebste, beste, witzigste Oma der Welt bist?"

„Ja, das hast du schon oft gesagt, aber es ist gut, dass du es wieder sagst, meine Junge."

Nach einigen Tagen geht Lenio wieder in die Stadt zu ihren Schwiegereltern. Sie passt auf sie auf, denn sie haben ihre Jahre und sind nicht bei Kraft. Sehr jung ist sie verwitwet, ihr einziger Trost ist der Sohn Taso, der ist ihre ganze Freude.

Die Zeit vergeht und Oma Fofo wird immer weniger, sie ist ein halber Mensch geworden. „Wir müssen zum Arzt, du bist zu bleich, du gefällst mir nicht", sagt Panagi zu ihr. Fofo will nicht. „Was kann der Arzt tun, ich habe meine Jahre." Panagis und Thanasis sind gegangen und haben den Doktor nach Hause gebracht. „Frau Fofo, du brauchst Ruhe", sagt der Arzt zu ihr.

„Ja, es ist mir bekannt, aber nicht vergessen, ich bin kein junger Hüpfer mehr, ich habe meine Jahre. Du bist im gleichen Alter wie mein Sohn, erinnerst du dich, als ihr nach dem stürmischen Regen durchnässt bis auf die Knochen nach dem Spiel unten am Bach daher gekommen seid? Wie sind die Jahre vergangen, Freude, Trauer, Lachen, Weinen, alles ist in diesem Leben!"

Nach den bestimmten Medikamenten ist der Arzt mit Thanasi draußen und sagt ihnen: „Das sieht nicht gut aus, gebt Acht auf die Mama, diese zierliche Herrin, großartige Dame. Es gibt keinen Menschen im Dorf, dem sie nicht geholfen hat mit ihrer Güte und Offenherzigkeit."

Ihr Zustand bleibt unverändert, eines Tages kommt ihr Bruder Antonis mit seiner Frau, es ist einige Zeit her, als er sie zum letzten Mal gesehen hat. Die beiden unterhalten sich, mit den Gedanken reisen sie in die Vergangenheit! Vergessen die anderen Anwesenden, so tief und weit in anderen Zeiten, so viel haben sie jedes Mal zu sagen und so gut verstehen sie sich.

Die Tage vergehen, aber Fofos Zustand wird nicht besser, Panagis besteht darauf und geht mit Mama ins Krankenhaus in die Stadt; auch Lenio ist den ganzen Tag bei ihr. Nach einigen Tagen ist Fofo zurück im Dorf und es geht ihr etwas besser. Die

Nachbarinnen sind alle mit den besten Wünschen gekommen. „Unterhaltung und Gespräche tun mir gut", sagt sie zu ihren Freundinnen. Nachdem das Haus leer ist, geht Fofo sich ausruhen und ist gleich eingeschlafen, wie gemütlich ist das eigene Bett zum schlafen, in der eigene Ecke. „Das hier ist mein Palast, mein Ort, wenn ich sterbe, liebe Gott, lass es hier sein in der Nähe meiner Kinder. Meine eigene Tochter Sonia hatte dieses Pech, dass sie ihre Augen für immer an einem fremden Ort zugemacht hat, ohne ihre Kinder und ihren Mann."

Sie sieht gut aus, an einem Nachmittag geht Oma mit ihren fünfundachtzig Jahren Hand in Hand mit ihrer Enkelin Anna und dem Stock, Gliza, ihres Mannes Richtung Kirche, erst an das Grab von Sonia. Annas heiße Tränen befeuchten ihre jungen, rosa Backen, Fofo drückt die Hand von Anna, sie umarmt sie und streichelt die gepflegten Zöpfe der Kleinen, danach sind auch ans Grab von Opa gegangen und dann wieder nach Hause.

Der Herbst kommt, Panagi und seine Frau Marina säubern zusammen mit Ntina den Gemüsegarten für den Winter, Frau Fofo sitzt auf einem Hocker und genießt ihren Kaffee mit einer Wolldecke. Warm eingewickelt beobachtet sie die zwei jungen Frauen in Gedanken. „Wer weiß, was uns noch das Jahr bringen wird!"

Dann kommt ihre Enkelin Anna. „Meine Oma, liebe Oma!" Sie küsst flüchtig das gealterte Gesicht und mit Schwung rennt sie ins Haus, Oma Fofo vergleicht sie mit den kleinen Lämmern, die harm- und sorglos auf der grünen Wiese voller bunter Blumen springen, gebadet mit den warmen Sonnenstrahlen. „Sie ist verliebt, meine kleine Enkelin, wie schön ist die Jugend!"

Fofo spricht allein. „Was sagtest, du Mama?", fragt Ntina. „Ah nichts, ich habe nur an was ganz Wichtiges gedacht und so etwas laut zu mir gesagt."

Am Abend versammelt sich die Familie im Haus, Fofo sitzt in ihrer gewohnten Ecke. Nach dem Essen und mit halb geschlossenen Augen hört sie die Unterhaltung, neben ihr kommt und sitzt die Enkelin Anna, sie flüstert ihr ins Ohr: „Mein gutes Mädchen, du bist verliebt." Anna wird ganz rot im Gesicht, sie sagt nichts und schüttelt nur ihren Kopf. „Woher weißt du das, Oma?" Oma lacht nur, ohne ein Wort zu sagen, alle sagen sich gute Nacht und gehen schlafen, morgen ist wieder Gottes Tag.

Vor dem Haus ist nur das Bellen des alt gewordenen Hundes zu hören, er hat vieles gesehen und gehört in diesem Haus, es ist auch sein Zuhause. Jedes Mal, wenn Fofo raus kommt, begrüßt er sie mit einem Bellen und wackelt mit dem Schwanz, und Fofo streichelt ihn mit ihren Hände sein dichtes, dunkelbraunes Fell und er bekommt sein Leckerli. Gute Freunde kennen die Schwäche des anderen.

Fofo ist mit der Morgendämmerung aufgestanden, sie sitzt auf der Veranda, schaut nach Osten, die Sonne kommt raus hinter diesem großen Fels, strahlend, mit ihrer goldenen Farbe wärmt sie dieses Universum. Wie oft hat sie sie gesehen, so strahlend wie jetzt, und ist damals Hand in Hand mit ihrem liebsten Jannos zu ihrer Bergalm gegangen, es war Jugend, was für eine!! Ihr Freund, der Hund, hat sie bemerkt, so wie er bereits vor das Haus gekommen ist, er dreht seinen Kopf in ihre Richtung, bellt und wackelt mit seinem Schwanz. Fofo kommt zu ihm nach unten, er wickelt sich um ihre Füße und geht, Fofo folgt ihm. Er geht da unten an den alten Feigenbaum, da ist eine Steinmauer. Sie sitzen nebeneinander, er schaut ihr direkt in die Augen, wälzt sich auf dem Boden in der Erde und danach sitzt er neben ihr.

„Ah, mein gutes Tier, mein bester Freund, du weißt sehr gut, du warst auch hier, damals, als Jannos und Sonia diesen Baum gepflanzt haben mit Panagi. Sie waren Kinder, haben gespielt und gelacht im Dreck, ah mein Jannos, wie ich dich vermisse!"

Die Familie ist aufgewacht, Fofo geht rein, sie sitzen und sprechen, so wie immer das Tägliche über die Arbeit, was zu tun ist. Die Kinder bereiten sich für die Schule vor, mit der Tasche voller Bücher und mit Lachen und Geschrei sind sie aus dem Haus. „Irgendwie ist mir nicht so gut", sagt Fofo, Thanasis macht sich Sorgen. „Es wird gut sein, wenn wir zum Arzt gehen, sehen wir, was er zu sagen hat." Und so hat er die Pferdekutsche vorbereitet und sie sind in die Stadt gegangen. Auf dem ganzen Weg ist Fofo still, bis sie beim Doktor angekommen sind, ein guter alter

Freund. Er sagt zu ihr: „Mein Schatz, meine Liebste, ich habe dir schon gesagt, Ruhe, Ruhe und wieder Ruhe ist, was du brauchst. Du bis nicht mehr die Jüngste, du hast deine Jahre." Thanasis schaut besorgt zur Oma, sie sind zur Apotheke für die Medikamente und danach zu Lenio. Nachdem Fofo sich ausgeruht hat, nehmen sie den Weg zum Dorf, der Weg entlang ist bekannt, Fofo kennt jeden Busch, jede Straßenbiegung, jeden Fels, alle sind eine Erinnerung, es ist alles so vertraut und so bekannt, aber so weit, weit weg, wie die Zeit vergeht!

Sie sind im Dorf angekommen, Ntina und Marina sorgen sich um Oma und lesen ihr jeden Wunsch von den Augen ab, Fofo ist müde, aber ihre Backen und ihr faltiges Gesicht haben immer noch ein leichte rosa Färbung, übrig geblieben von ihrer Jugend. Sie versucht zu lachen, damit die anderen sich nicht Sorgen machen.

Mit jedem Tag wird Fofo weniger und bleicher, die Kinder versuchen, die Oma zum Lachen zu bringen, machen Witze, erzählen etwas Lustiges, sie wollen ihrer Oma eine Freude machen. An einem leichten, sonnigen Nachmittag ist sie besser drauf, mit ihrem Stock und an der Hand ihrer Enkelin gehen sie langsam zum Friedhof, Fofo spricht nur allein. Anna hört nur zu auf dem ganzen Weg. Als sie am Friedhof angekommen sind, will Fofo eine kurze Zeit allein sein, danach haben sie eine Kerze am Grab angezündet und danach sind sie nach Hause, Fofo hat sich hingelegt zum Ausruhen. Panagis und Thanasis machen sich Sorgen um den Zustand von Fofo, sie sieht nicht gut aus, sie müssen etwas tun. Abends nach dem Essen und als die Kinder zu Bett sind, sagt Thanasis: „Mama, in den letzten Tagen ist es dir nicht so gut gegangen, es ist besser, wenn wir morgen zum Doktor gehen." „Ihr braucht euch keine Sorgen zu machen, es ist alles in Ordnung." Ntina hält die Hand ihrer Mutter. „Liebe Mama, Panagis, Thanasis und wir alle haben dich sehr sehr lieb und so wollen wir, dass du Morgen zum Arzt gehst."

Es ist so weit, Fofo ist einverstanden und sie sind in die Stadt zum Arzt. „Es ist besser, wenn wir dich ins Krankenhaus bringen, da bist du in besten Händen." „Ich habe mein Zuhause, da ist das beste für mich", sagt Fofo und sie sind wieder nach Hause. Ntina und Marina sind in ihrer Nähe. Sie haben Nachbarinnen zum Kaffee eingeladen, dass Fofo so ein bisschen Unterhaltung hat, es war ein schöner Nachmittag. Nach einigen Tagen ist ihr Zustand sehr schlecht, der Arzt ist gekommen und ist über Nacht da geblieben. Die Familie ist aufgeregt, Frau Fofo übermüdet von den schönen und bitteren Sachen des Lebens, sie ist eingeschlafen mit den Namen von Sonia und Jannos auf ihren Lippen! Eine Herrin, eine Dame, eine großherzige Frau, ein feiner Mensch, dieses damals lustige Mädchen hat für immer die Augen zugemacht. Kurz bevor sie gestorben ist, sagte sie zu ihrer über alles geliebte Familie, sie sollen nicht um sie weinen. „Ich gehe zu meiner großen Liebe, er wartet sooo lang auf mich, zu meinem Jannos!!" Lenio ist auch angekommen, sie hat die sterbende Mutter am Arm gedrückt, küsste sie auf das faltige, harte, schmerzgezeichnete Gesicht. „Oh Mama, Mama." So hat sie ihre Augen zugemacht für immer. Frau, Mutter, Oma Fofo, ein ehrenwürdiges Begräbnis, so, wie die Persönlichkeit dieser Frau war! Alles im Haus ist irgendwie fad, der Verlust der Mutter, der Oma, der Schwiegermutter ist noch zu frisch, sie war für alle ein Mensch mit offenem Herz und Ohr für die Freude, die Sorgen und den Kummer aller. Der arme, alte Hund läuft um den Hof ohne ein Bellen, ohne was zu essen, ohne auf die Hühner loszugehen so wie immer, alles ist uninteressant. Er hat sich apathisch hingesetzt vor der Haustreppe, hin und wieder dreht er den Kopf und schaut ins Leere und danach senkt er Kopf und Ohren. Ntina versucht, ihn zu streicheln, aber er ist teilnahmslos und gleichgültig, es sind nicht die Hände seiner Herrin, denkt er allein. „Mein liebes Tier, du weißt sehr gut, dass unsere Oma für immer weg ist, leider." Draußen ist zornig der Nordwind zu bemerken, wie wenn er etwas sagen will, aber er ist irgendwie stumm und eisig. Thanasis öffnet an jenem Morgen die Haustür, da ist das arme Tier tot, er hat den Verlust Fofos nicht ausgehalten.

„Ah, Mama Fofo, wie wir dich suchen, seit du weg bist ist alles ganz andres, auch der Hund hat dich vermisst so wie die ganze Familie, wir schulden dir viel, du mit deiner grenzenlose Liebe hast uns gezeigt, was Menschsein ist! Aber die schweren, bitteren Schläge des Lebens und die Grausamkeit böser Menschen haben dich zerbrochen!!!" An jenem Abend sind die Kinder schlafen gegangen und Thanasis und Panagi sitzen auf der Veranda bis spät in die Nacht.

„Lass uns reingehen", sagt Panagi. „Gehe nur, ich komme nach", sagt Thanasi, Panagis ist ins Haus rein und Thanasi nimmt sein Sakko und geht den Weg zum Friedhof. Allein weint er mit Schluchzen, seine heißen Tränen weichen das traurige, vor Schmerz wilde Gesicht auf, in der Nacht sitzt er zwischen den zwei Gräbern, das eine frisch von Fofo und das andere von seiner Sonia, streichelt zärtlich das noch mit frischer Erde gedeckte Grab von Fofo. „Ich habe meine Liebe, meinen Atem, mein Lachen und meinen Sonnenschein verloren, oh Gott, was hast du mir angetan, sag mir, warum? Und jetzt Oma Fofo, sie war für uns alle eine Stütze." Nach dem langen Weinen ist er eingeschlafen zwischen diesen beiden Gräbern, irgendwann zur Morgenröte ist auf ihm der Morgentau und auf einmal ist es kühl geworden, erschrocken ist er aufgestanden und hat so schön geträumt. Seine Sonia hat ihn angelacht, etwas verbittert ist sie neben ihm gesessen und hat seine Hand gestreichelt, es war nur ein Traum! Er ist aufgestanden und nach Hause, zum Glück schlafen alle! Panagis hat ihm gehört. Er zündet den Ofen an, setzt den Tee an, die zwei Männer sitzen stumm, dann fragt Panagis. „Wo warst du die ganze Nacht und von wo kommst du in dieser Stunde?" „Ich war dort am Friedhof, dort, wo die Hälfte meines Herzens ist, mein Ein und Alles ist, warum hat mir dieser Gott so was angetan, warum meine Sonia? Warum!!"

Thanasis geht ins Haus, holt die Flöte und bricht sie. Es ist nur das lästige Tik-Tak von der Uhr an der Wand zu hören und auch das ist lästig. „Wenn meine Sonia mich nicht mehr hören kann, will ich keine Flöte mehr spielen", sagt Thanasis und wirft die zwei Teile in die Flammen des Ofens. Die zwei Männer schauen sich in die Augen, ohne ein Wort zu sagen und blicken in die spielenden Flammen des Feuers. „Beklagenswert, untröstlicher

Freund", sagt Panagi und umarmt ihm. Die zwei Männer trinken ihren Tee, draußen tobt rau der Nordwind, als ob er etwas zu sagen hat, aber es ist trotzdem ein stummer, eisiger Wind!!!

Nach so vielen Jahren, Wanderer dieses Lebens, sitze ich alleine auf diesen Stufe, nach den Strapazen eines geplagtes Lebens, so wie damals für Oma Fofo, und verloren in diesen alten, unvergessenen Zeiten, in jener Vergangenheit. Und ich höre auch den Puls jenes Lebens und jedes stumme Geschrei dieses Hauses!! Es ist Zeit, ich soll rein gehen in die warme Stube, an die Ecke wo die Oma Fofo immer gesessen ist, es wird dunkel.

Es ist schön, wieder hier zu sein, wo Opa, Oma, Mama, Papa und viele mehr hier gelebt haben, es ist ein Haus mit Seele und Wärme ...

P. S. Frau Fofo war meine Oma, ich verdanke ihr sehr viel, mit viel Liebe Ich ... Deine Anna!!

ENDE.

HERZ FÜR AUTOREN A HEART FOR AUTHORS À L'ÉCOUTE DES AUTEURS MIA KAPΔIA ΓIA ΣYΓΓ
 ...ARTA FÖR FÖRFATTARE UN CORAZÓN POR LOS AUTORES YAZARLARIMIZA GÖNÜL VERELIM SZ
..RE PER AUTORI ET HJERTE FOR FORFATTERE EEN HART VOOR SCHRIJVERS TEMOS OS AUT
..NZÖINKÉRT SERCE DLA AUTORÓW EIN HERZ FÜR AUTOREN A HEART FOR AUTHORS À L'ÉCO
..AÇÃO ВСЕЙ ДУШОЙ К АВТОРАМ ETT HJÄRTA FÖR FÖRFATTARE Á LA ESCUCHA DE LOS AUTO
.... MIA KAPΔIA ΓIA ΣYΓΓPAΦEIΣ UN CUORE PER AUTORI ET HJERTE FOR FORFATTERE EEN
..LARIMIZ VER.. ..ÖINKÉRT SERCE DLA AUTORÓW EIN HERZ FÜ
..RE SCHRI.. ..S A .. ..AÇÃO ВСЕЙ ДУШОЙ К АВТОРАМ ETT HJÄRTA FÖ

Die Autorin

Stergiani Schneck-Tsolakidou wurde 1946 in einem
kleinen, nordgriechischen Bergdorf nahe der
bulgarischen Grenze geboren. Nach ihrer Schulaus-
bildung und dem Abschluss des Abiturs verließ sie
aufgrund einer schwierigen wirtschaftlichen Lage
ihre griechische Heimat und ging nach Deutschland, wo sie viele Jahre in der Industrie arbeitete
und ihren Mann kennenlernte, mit dem sie sieben
Jahre in Südafrika verbrachte.
Nach ihrer Rückkehr nach Deutschland betrieb sie
eine Kneipe und gründete ihre Familie. Sie ist Mutter von zwei erwachsenen Kindern und inzwischen
verwitwet.
Zu ihren Freizeitaktivitäten zählen Garten- und
Handarbeiten. Heute widmet sie sich vor allem
ihrem schon immer gehegten Traum, Bücher zu
schreiben.